好日子万万年

王树兴 著

作家出版社
全国百佳出版社

图书在版编目（CIP）数据

好日子万万年 / 王树兴著．-- 北京：作家出版社，2025. 1. -- ISBN 978-7-5212-3099-4

Ⅰ. I247.5

中国国家版本馆 CIP 数据核字第 2024907SS0 号

好日子万万年

作　　者：王树兴
责任编辑：向　萍
封面设计：贾　莹
出版发行：作家出版社有限公司
社　　址：北京农展馆南里 10 号　　**邮　　编**：100125
电话传真：86-10-65067186（发行中心）
86-10-65004079（总编室）
E-mail:zuojia @ zuojia.net.cn
http://www.zuojiachubanshe.com
印　　刷：河北星强印刷有限公司
成品尺寸：155 × 220
字　　数：177 千
印　　张：13.25
版　　次：2025 年 1 月第 1 版
印　　次：2025 年 1 月第 1 次印刷
ISBN 978-7-5212-3099-4
定　　价：78.00 元

绘者：李友军

王树兴，江苏高邮人，现旅居北京、扬州等地。小说家，畅销书作家，中国作家协会会员。

其作品以风趣的故事讲述、传神的人物塑造、绵密的叙事肌理著称。已出版《国戏》等三部长篇小说，两部在国外翻译出版；中短篇小说八十余万字刊发于各大文学期刊，收入多种选本，获得多种奖项。

近些年创作的中短篇小说多刊发、转载于《小说选刊》《小说月报》《中华文学选刊》《中篇小说选刊》等文学刊物。《那年夏天》被列入“里下河文学流派经典小说”。

以此致敬小说大师汪曾祺。

——题记

目
contents 录

那年夏天

1

夏季即将来临的特征，在正格的眼里是妈妈开始不停地买回来鸭蛋，三五个、七八个，用坛坛罐罐腌上，标上日期。妈妈从菜篮子里面往外拿鸭蛋时，正格会有点紧张，怕她再说出什么招惹老王的话，去年她买了蛋回来，在手掌心托着一枚说：“这蛋颜色多好，绿淋淋的，太像河水的颜色。”老王立马就火了，说要一脚踹过去踢翻菜篮子。老王真的会这么做，正格见过一次，他下劲地用脚踹，篾子编的菜篮子踩扁了以后能弹起来，他便越发生气，下劲踩，非踩烂了不可。

老王对即将来临的夏天有一触即发的怨气，有像梅雨一样绵绵不息的惴惴不安，这段日子里他的眉头总紧锁着，双眉间有一团硬结。妈妈不停地警告正格，要他离父亲远点。还有更重要的，提醒正格不要在他面前提到河，最好连水字也不要说。好在这个季节里老王会很快地投身于他的工作，造纸厂草库收麦草是一年中的大事，割麦之前他这个消防队长就有很多的事情要做。

平时里妈妈会给正格一些警告，算是家教。通常都是什么事能做，什么话不能说。正格每每很不耐烦听这些，但他不顶嘴。妈妈最反感正格称父亲为老王，说他没上没下，没大没小，扬言正格再在她面前这么叫，就要撕他的嘴。妈妈从不动手打正格，一个指头也没对他伸过，她只是嘴上说说，不像老王嘴到手就到，而且打得很狠、很重。她知道十三岁的正格已经是根犟骨头，他自从父亲从家里牵走那头叫赛猫的狼狗，就再也没有叫过他一声爸爸，小孩子会记仇，她没有想到正格记这么深，都四年了，九岁起就开始这么叫，一直不改口。有一次在饭桌上他一声“老王”脱口而出，被他父亲听到，父亲愣怔了一下，用筷子指了指他算是警告。

夏天真正到来的那一天，正格认为是街头的冷饮店开张之日，店里拉一个竹竿撑起来的凉棚，冷冻机嗡嗡地响起来，面朝街的柜台上一只白搪瓷盘里前后两排摆着八杯酸梅汤，圆的玻璃杯上盖着一块方正正的玻璃，都是透明的。

“红红的颜色像红纸化开在里面，那不是酸梅汤应该有的颜色。”到过苏州出差的老王很鄙视儿子喜欢喝这种东西，他在红叶造纸厂喝过正宗的酸梅汤，他的评价是：“太好喝了，是酸梅做的。”正格其实不是老王理解的那样，迷恋酸梅汤已经成为历史，他现在更喜欢冷饮店卖的奶油冰棒、酒酿、八宝饭，只是这些东西都很贵，他要到冷饮店去坐一坐通常只能消费两分钱一杯的酸梅汤，在这些他喜欢吃的东西面前流连一下，然后依依不舍地回家，盘点他积攒的牙膏皮、鸡胗皮、猪骨头或者碎玻璃，想这些东西到废旧品商店能卖多少钱。

这年冷饮店在雨季里的一天开门，几乎悄无声息。正格中午打酱油的时候看到清冷的店里没有一个顾客，他想这样也好，待到他积攒的钱够买一碗八宝饭的时候，才该是生意大好的时候，一堆人在一起吃冷饮才过瘾。

班上同学祁武的哥哥祁文高中毕业，到食品厂做八毛钱一天的杂工，真是狗屎运，居然给做冷饮的师傅当了下手。祁武劝正格不要再买四分钱一支的奶油冰棒，食品厂的师傅将一袋袋的奶粉倒到桶里后先加一点点凉开水，尝了一搪瓷缸子后会加很多的水，祁文如果再偷喝一点的话还要再加水。如果吃到咸的冰棒要扔掉，冰棒模子是浸在盐水里的，模子漏进了盐水冰棒才会咸，盐水太脏了，黑乎乎的。

正格要祁武去问他哥哥，八宝饭是怎么做的，除了糯米以外都有哪些配料。祁武的哥哥对正格居然有在家里制作八宝饭的念头不屑一顾，认为几乎是不可能做成的事情，需要的配料太多了。祁武转述时学他哥哥轻蔑的口气："香精你有吗？凤凰牌的，上海产的。"不过祁武的哥哥答应替正格搞一点，让他找一个氯霉素眼药水的瓶子给他去装。

正格马上在家里翻箱倒柜，家里有很多公费医疗领的药，枇杷止咳膏、润喉片这些是他平时盯着的，眼药水还真不知道有没有。找了半天没有找到，到晚上妈妈下班回来，他在她面前揉揉眼睛说："眼睛疼，要一瓶眼药水。"妈妈拉他到灯光下面看了看，说是有些红，让他自个去对父亲说，由他从厂医务室给他拿眼药水。

妈妈是逼正格去和老王说话，正格说那就算了，不要了。

第二天中午老王回来吃饭时将一瓶眼药水拍在桌上，正格吃了一半的饭停下来，搁下饭碗拿起眼药水回房间。他用剪刀剪开眼药水，真的往眼睛里挤了几滴。一会儿嘴里苦起来，他知道，这是眼药水的味道。

上学前他偷偷地将挤空了的眼药水瓶吸进自来水洗了好几遍，挤到嘴里尝到没有苦味后为止。

这天没有下雨，放学也早，正格没有和许晓萍她们几个女同学一起去做家庭作业，他也没有和祁武去玩。他要回家吃东西，偷偷地做点自己喜欢吃的。

中午家里的菜是韭菜炒毛豆和冬瓜汤，韭菜他筷子沾都不沾，冬瓜汤里他挑咸肉片吃，就那么薄薄的几片，不够塞牙缝。他没有吃饱，肚子咕噜咕噜的，第一堂课下课时就饿了，就开始想回去弄什么东西吃。

脑子里总有圆圆的一团卧在碗里的八宝饭的影子，鼻子里也感觉到甜丝丝的味道，他时不时地忍不住要咽一下口水。

做一碗香喷喷的八宝饭是正格梦想的，在一步步地实现。他翻过家里的橱柜，里面还有一点糯米，他就怕妈妈哪一天突发奇想做糯米粥，夏天里她会偶尔做一两次，放上赤豆和糖。糖放得很少，只一点点，淡淡的甜在嘴里只过一下就没有了，再舔舌头时没有丝毫的甜味。

正格在学校里想好要下一碗挂面吃。回家打开橱柜的抽屉拿挂面时，他闻到一股扑面的食品和潮湿的木头混杂在一起的霉味，他不放心地又打开抽屉下面的那档橱柜门，还好，放糯米的袋子瘪塌塌地瘫在那里。

有两筒挂面，正格全取出来放到桌上做手脚，用削铅笔的小刀将封口一点点劈开，各抽出两把面条以后再用手指头捻烂了饭粒将封口糊上。做好这一切差不多花了二十分钟，他有些后悔，没有想周到，应该一进门就先打开煤球炉的炉门，将炉火燃起来，那样的话这时候面条都下锅了。

正格把两筒挂面放回到橱柜去，竖着放，恢复原状。瘦了身的挂面筒只会让妈妈下面条的时候抱怨卖挂面的心黑了，筒子做得越来越小。正格这是偷吃，一切要做得很小心，不能露出一点破绽。老王是管消防的，他不容许正格在家里面动火，怕他将房子烧起来。正格很不服气，班上很多父母双职工的同学在家里都生炉子做饭，人家就没有这份担心。在老王那里没有理讲，他也不想和老王讲。“水火无情！”这句老王挂嘴边上的话是正格顶烦的。

等炉子火旺烧开水的当儿，正格做了一碗佐料，往碗里倒大油的时候没控制好，多了一点。夏天的猪油是化开的，冬天就没有这个麻烦，用筷子想挑多少是多少。他又放了些味精和黑胡椒粉到碗里，甚至还用刀在砧板上拍了一瓣蒜头。挂面下到锅里后正格不时地挑一根尝尝，他不知道多长时间才能够煮熟。

想不到的是，这时候门被敲响了。他慌忙地将煮面条的铁锅从炉子上移到一边去，把开着的炉门插到底，再将水吊子坐到炉子上。

做完这一切他故作镇定地问一声：“谁啊？”

这时候他才想到，不会是父母亲回来，他们有钥匙可以直接开门，也还没到下班时间。门外答应他的是祁武。

将门打开后祁武神色怪异地跑进来，问家里有没有人。正格说：“我不是人吗？”

正格很不满地打开锅盖又尝了尝面条，他的眉头皱了起来，大概就在应付开门的这段时间，面条在汤里泡烂了。

祁武的书包带放得很长，手护在上面似乎在捂肚子。书包除下来后正格看到名堂，他裤子的门襟旁有一块巴掌大的潮斑。正格很奇怪但没说什么，他要赶紧捞锅里的面条。

祁武从鼓鼓囊囊的书包里拿出一条田径裤头，弯腰放到板凳上开始脱长裤，他边脱边说到大运河游过泳了。

正格扑哧笑了，看到祁武是空心大老倌，里面咣当当的。祁武咂嘴：“大了，水里泡的？”

正格朝那处认真看了一眼，祁武居然脸红了，应声说：“大了，还胀胀的……”

正格没有再说什么，迫不及待地吃了一口面条，觉得咸，酱油放多了。随手打开面前的糖罐，抓了一把糖放到碗里。再吃一口，完了，放了糖的面条说不出来的味道，根本吃不了第二口。他还闻到祁武脱下来的裤子有一股青涩的味道，感觉要把嘴里吃的吐出来才好。

祁武穿上田径裤头以后到院子里的自来水池洗他的长裤子，水好像都冲不干净，他下劲地在搓一块黏糊糊的东西。

祁武有点心虚，挤干了裤子上的那一块后用手抹了抹，对正格说：“晒裤子时在河堤上跑，一摩擦就忍不住冒出来了，真的是忍不住。”

正格其实想嗤笑他，他怎么能够想到是那回事呢？只以为祁武是尿了裤子，白天里尿裤子是很丑的事，比睡觉尿床上要丑。

祁武将裤子晾到院子里的铅丝上去晒，正格看到他拧过的那一把皱得光芒四射。待裤子干的这会儿祁武只能穿着裤头，长衬衫配着短裤头显得有点滑稽。

祁武问正格面条还有没有了，他肚子饿瘪了想吃一点。正格说没有了，就这么一点，他还不够吃。正格其实很想将这碗难吃的面条处理给祁武，就怕他知道自己做的糖面很难吃，就怕他明天会当笑话说到学校去。

祁武鼻子嗅了嗅，说闻到毛豆炒韭菜的味道，他说有个饭团垫一下肚子就好，就不难受了。正格没有吭声，祁武为了达到目的开始威胁，问正格香精还要不要了。

香精当然是要的，正格很不情愿地从饭锅里盛出一团饭放碗里，用筷子夹了一簇菜放上面，韭菜里的毛豆差不多都掉回到盘子里，这个过程祁武一直眼睛眨都不眨地盯着。

冷饭就着韭菜炒毛豆挺好吃的，祁武吃得很香，菜没了的时候饭还有一半，他要正格再给他倒一点菜的卤子，正格盘子端到他面前时，他抢过去自己倒了，倒得盘子里的卤子一滴不剩。

看祁武吃得这么香，轮到正格肚子里难受了，他用开水过了一下面条，想去掉里面的甜味，过了两遍水都没有成功，还是甜不拉叽的。趁祁武不在意时他出去倒掉，倒在天井的阴沟里。

回头进屋，正格发现祁武将橱柜里放着的韭菜炒毛豆拿出来吃光了。他说了声：“不得了！老王晚上回来没吃的了。”

祁武说：“教你，要吃就把它全偷吃了。反正这么回事，就一顿打。”

正格端起灶台边上的钢精锅，觉得轻，晃了一下，里面已经没有什么东西。他揭开锅盖举起锅咕嘟咕嘟地喝光了汤，吃所剩不多的几块冬瓜时，惊喜地发现里面还有一片五花的咸肉片，这一片肉他用筷子夹起来在祁武面前亮了亮，吃得有滋有味。祁武将头扭了过去，坚定地不去看他。

正格给炉子换上一块新煤，做面条用了半块蜂窝煤，不能被妈妈晚上回来发现。他每天有一个任务，在快下班的时候打开炉门，待妈妈回来的时候炉火正旺，正好做饭。他做这些的时候，祁武仍然对那片咸肉不服，说明天要他妈妈做梅干菜烧肉。他还咽了一下口水。

妈妈下班一回来，正格就对她说吃过东西了，他强调肚子今天特别饿，也不是中午没有吃饱，就是饿。妈妈没有说什么，赶紧去淘米并洗了两个裹着泥的咸鸭蛋。粥煮得快好的时候，她将饭锅里的一小团饭放粥锅里用铲子搅和了好一阵子。

老王回来吃晚饭时，一坐到桌子面前就发现了问题，他特别讨厌吃粥，说胃会泛一夜的酸水。

正格妈妈说中午并没有少煮饭，只是正格放学回来肚子饿吃了小顿。老王哦了一声，狐疑地望着正格说："天热了，是不是下河洗澡了？我知道从河里爬上来肚子会很饿的。"

正格摇了一下头，老王一直在打量他的神情，消除了怀疑后警告："你要是腿痒往河塘上去，再敢下水洗澡，我就打断你的腿。我们家宁愿养一个残废，也不能让你把小命送在河里。"说话间他还站起来将家里的一个很粗的棍子搁到门后面。

坐回到桌上来，老王又变得和颜悦色起来，说正格是长身体了，要正格妈妈从明天起多煮一点饭，隔天要炒一回肉丝，或者煮条鱼。

吃饭的时候，低着头的正格打定一个主意，明天一定要上一趟河塘，或者下一次水。下水是游泳，不是洗澡。你老王不要想威胁我，我偏要去。他又想起狼狗赛猫，他很清楚地记得老王牵它出去的时刻，老王腋下夹着一条麻袋，说是到河边找一块石头放麻袋里，然后将赛猫灌进去扎紧了袋口扔河里。狗通人性，它一定知道要发生什么，一定很难受。它被牵着出门时是赖着屁股的，始终回头看着正格，嘴里呜咽着……

2

进教室见到祁武脸上带着五条黄瓜印，知道他又被老子收拾了。祁武脸皮很厚，笑着说脸上落下的是紫的，该叫五条茄子才对。问题出在裤子上，没有干，被老子发现了。

祁武说他真是冤，穿着游泳的田径裤没被发现，倒让跑马的长裤子暴露了。正格问他跑马是什么意思，祁武坏笑着一言不发，他哥哥祁文和几个一起做杂工的同学在传阅《少女之心》。

《少女之心》是什么书？正格问祁武。

祁武不耐烦了，只说是手抄本，还要正格不要对别人说这件事。

下午放学的时候，正格问祁武今天还敢不敢到运河里去游泳，祁武学样板戏《红色娘子军》里的吴清华说："打不死的吴清华我还活在人间。"

正格说他也要去，祁武有点不敢相信地问："你这个怕死鬼，真有这个胆子了？"正格说："我又不是没下过水。"祁武摇摇头说："我知道你是狗刨式，也就是在河边上扒河底的角色。"

他们将书包寄放到学校附近的小烟酒店里，往河堤上走的时候，正格兴冲冲地走得很快，这样的日子已经好几年没有了。不能下水游泳的夏天，在那些烈日当头蝉鸣鼓噪的午后，他只能想着水里的情景，想到哥哥正翔留下的笔记本里写的：

> 我站在码头的台阶上，把自己当成一片打水漂的瓦片，用力投射向河里。到河里以后我会潜水，扎深一点让身体浮起来。这是一个很享受的过程，沉浮之间耳鼓里听到心跳：怦、怦、怦……声音特别强大和有节奏。扑腾一阵子后，翻过身来仰泳，

脸上的水滚漾开去，亮晃晃的天空变得湛蓝，或者有一团像自己身体一样轻飘飘地摇摆的云朵，镇国寺塔就在不远的河心岛上，方形的塔顶经常显出一张脸，憨笑着盯在河面上……

老王和妈妈并不知道正格手上有这么一本正翔留下的笔记，这本笔记除了这段话以外并没有写其他的东西。过一阵子正格都要翻出来看看，笔记本已经有一股霉味。他一直想往上面写点什么，觉得空着可惜。

上了河塘，祁武要往北走，说不去御码头，到粱逸湾。他怕他老子到御码头来抓他。

在河堤上走着时，正格总瞄着河里，他有点紧张。

这是大运河苏北的一段，河面宽阔有一百多米，水看不出在流动，只有在水里才能够感受到。水总是往北流的，徐徐缓缓。有逆流而上的轮船懒洋洋地拖着长龙一样的铁驳子，到粱逸湾这个湾子，注定要减速和摇头摆尾。这时是爬铁驳子的最好时机，河里游着的孩子会趁船主不备时跃身上船，上了船以后船主一般就不再对他们怎么样。

正格以前只在御码头那里游过，他只能在河边扒河底打澇澇，吃劲地抬起头也就游个两三米。他一次也没有爬过铁驳子，爬铁驳子据说很爽，可以坐船逆流而上到很远的地方，然后在船上跳水，毫不费劲地顺水漂回来。祁武说要能游过河才能爬铁驳子，他胆大，只要能游到河中间他就敢去爬，要是爬不上去是游不到对岸也游不回头的。在爬上船之前还要滤一阵子，寻找上船的抓手。祁武胆大，他老子骂他骚胆，一定还不知道他胆大到这种程度。那次他要是抓不住船或许就送命了。现在，祁武说他能轻飘飘地游大运河三个来回，脚不沾地的那种，一口气不歇。

祁武大正格一岁，个头比正格高一点，胖乎乎的，眯着双小眼，走路时手掌心朝后，一甩一甩的，正格只要走在他后面就忍不住要笑，而他总是不明就里地问正格笑什么，正格自然不会说原因。祁武是个留级生，他交的作业本漆黑麻花，每一本还被他撕了好几页，老师说看到祁武的作业本就想让他永远留级下去。祁武不怕留级，他老子说再留级就不让他上学了，不上学等于罚人吃肉，祁武说他就等着这天到来。

到了梁逸湾，正格看到人很多，大多是泡在靠岸的地方，露出半边身子，只有稀稀落落的人在河中央游，看到他们的头漂浮在水面上。正格知道在河中央游的人会不时地回头看看，看什么呢？看他们放在石头护坡上的衣服，怕被人家抱走。

梁逸湾这里没有码头，堤坡上栽的紫穗槐灌木被人弄出了一个很大的豁口，祁武在离这个豁口还有一大截的地方钻到了灌木丛里，他让正格在外面等着他。

正格不知道祁武进去干什么，等他的这段时间里觉得脚底下的柏油路面滚烫，他只得站到路边有草皮的地方。祁武磨磨蹭蹭地好一会儿才出来，见正格站在挨灌木丛近的地方，问正格是不是偷看了。正格摇摇头……他又闻到了昨天祁武身上有过的那股怪怪的青草味。

下到石护坡上，看到脚下有一摊一摊的衣服，正格看到这些衣服总有些为河里游泳的人担心。而祁武东张西望的，说前两次来这里时都看到了苏晴，她在护坡的石块上玩跳格子。她不是来玩的，是找偷着下河游泳的哥哥。她不在水里找，只找她哥哥衣服，海魂衫和长裤打结成一团的衣服，她看到了就抱回家。说到这里祁武咧开嘴笑了，幸灾乐祸的那种笑。苏晴的哥哥和他同过学，见到他就唱："留级生，吃花生，看到老师，头一吭，见到校长，不吱声。留级生不是人，夹着书包去哭坟……"

祁武衣服脱得很快，见正格愣站着有点奇怪："你不脱，你不下水？"正格摇摇头说："今天只看看。下回再说。"

祁武骂正格胆小怕死鬼，让正格替他好好看着衣服。

正格冲着下到水里的祁武后背说："你屁股真大。"祁武像是没有听到，肥厚的身子灵活地向前一跃，头闷在水里一番迎风破浪的自由泳，到七八丈远的地方回过头来踩水。

祁武的目光在岸上梭巡，在找什么人。正格还没有长那样的心眼，想不到他是在找女同学苏晴。

正格蹲在石护坡上望着波光粼粼的河面，想若有一个救生圈多好，哪怕是充了气的车胎也行，能套着那样的东西就可以游过大运河。他非常想到河对岸去看看，据说那边还有一个很大的湖泊，有很多的渔民在捕鱼捞虾。

他又想到了赛猫，觉得有条棕黄色的麻袋漂浮在水面上。他也想过，老王将麻袋扔到河里就沉了，因为麻袋里压了一块石头。他不甘心这样的情况，觉得赛猫一定会挣扎的，赛猫的力气很大，都能够挣脱老王锁它的铁链子跑出去。

他也不承认自己怕死，哥哥正翔的尸体从河里捞起来以后，头泡得很大，脸肿得煞白，吓人得很，他不怕，偷偷地上去摸了摸哥哥的脸。家里人都为正翔的死哭，而他没有。

正格一阵走神以后目光再回到祁武衣服上时，见到一双青筋暴起的腿戳在那里，再往上看，灰色的大裤衩，油津津的圆领衫，一段粗脖子和一张涨得通红的胖脸。

不好！是祁武老子摸到粱逸湾来了，祁武的衣服很显眼，是短袖白衬衫和日本尿素袋子染黑了做的长裤。

祁武的老子在肉联厂，是个杀猪的，他一只手撑在腰杆上，一只手用棍子指着河里，想必已经用眼睛捉住河里的祁武了。他不要下河，蹲在祁武的衣服边上守株待兔。

正格想上去抢祁武的衣服，估计得手是有可能的，但在堤坡上跑不起来，很难得逞。他也怵祁武老子手上那根棍子。祁武说只要他老子手上有根棍子他就无处可逃，棍子像长了眼睛，要打哪里就打哪里，他老子是成天在猪身上练出的这手绝活。

祁武往岸上游的时候和下水的时候判若两人，双臂有气无力地划着，湿漉漉地爬上岸后，出人意料地扑向正格，他对正格咆哮：“狗日的，我要你看着我衣服的……”

正格蒙住了，祁武老子也吃惊，赶紧上来分开打成一团的两人。混乱之中祁武抢了他老子的棍子，一下子就扔到了河里面。

待祁武老子明白过来，捏紧指头做了个生姜拐，笃在祁武的头上。祁武惨叫一声，眼看着头上起了一个鸽子蛋那么大的包，他没有冲他老子要态度，却向正格翻眼龇牙。

正格愣怔着站在那里，回想刚才祁武扑向他也只是抱他，并没有打他，而他当时竭力想揪住精光溜秋的祁武什么地方，最后揪下了他一小撮头发，现在还在手里面。

苏晴这时候不知道从什么地方冒了出来，踮着脚轻轻走过来，咯咯笑个不停。正格承认苏晴平时笑得很好听，但这时候觉得很刺耳。

祁武的头马上昂了起来，显出若无其事的样子。祁武老子不准祁武穿衣服，命令他抱起衣服跟他走。祁武老子认出了正格，手指着说：“你……”他好像气得说不出话来，搡了祁武一把才气顺了，才说出要说的，“你们不要命了，想沉河底子等滚钩捞了……”

祁武老子边走边数落，说正格的哥哥正翔死在大运河里，毛大头、孙小五、陈煜他们都是，数数一大把了。哪一年大运河里不收人，不送几条小命到河底去？溺死会水的，本事大的也逃不过，他举了许佳武的例子，说许佳武是个退休海员，太平洋里都游过，还不是送命在小小的运河里。

祁武老子说到“小小的运河”时口气很是鄙夷，好像大运河是一条阴沟似的。正格插嘴说：“许佳武老了，许佳武那么瘦，没有力气了。许佳武是喝了酒下河游泳的，许佳武说过他是死在水里的命。”

“啧啧……你倒是比祁武会说，还敢和我顶……”祁武老子站下来面对着正格，好像要一口将他吃掉的样子。他要过来揪正格的耳朵，正格跳着躲开去。正格知道他只是威胁，奈何不了他，不好打他，便说："你也喝酒，你要小心点……"

"我老子喝酒跟你没关系，你不要说我老子。"祁武极为不满地指责正格。

这让正格很是困惑，祁武曾经说他被老子打了以后，就在老子喝酒的时候劝他抽烟，将火柴递到他的面前。他认为老子一斤酒灌肚子里，只要挨着点烟的火，喉咙就会烧起来。他做过试验，把酒倒在桌子上，点火就能燃出蓝幽幽的火。

祁武老子指着正格说，下河的事没完，等一会儿要带着正格去会会老王，意思是要上门告状。

祁武向正格使了一个眼神，意思是要他赶紧开溜。

正格想溜得体面一点，就蹲下来装系鞋带，祁武老子并不理会他，继续推着祁武走。看和他们落下一段，正格转身拔腿就跑。这一跑起来就是学校里六十米赛跑的速度。

跑了一阵子停下来，他弯下腰大口大口地喘气，有要吐的感觉。以后他慢慢地走着，甚至没有回头看。小腿肚一下子就酸胀起来，肚子也陡然感到饿，心想现在就是那碗放了糖的面条在面前，他也会大口地吃下去。

天渐渐地黑了，正格慢吞吞地走，还不想回家。老王给他定过制度，河塘是坚决不允许上的，犯规的结果肯定是一顿饱揍，揪耳朵，打后脑勺，或者腿上挨几脚踢。揪耳朵特别疼，火烧麻辣的感觉半天也退不了，不像踢到腿上只疼一下。要不是祁武老子抓到祁武，老王是发现不了他跑到河堤上来的。他就是想违拗一下老王，想和他较一下劲。谁叫他口口声声威吓人？祁武老子一定会去告状，老王也一定会因此对他动手。不想被祁武老子参观他挨打，那样很丑。

迎面缓慢地走过来一个二十一二岁的男青年，他也低着头走路，像在想事情。正格很好奇他黝黑脸上架的那副黄框子眼镜，镜片有瓶底那么厚，镜架上绑着橡皮膏。正格平时背地里称这样的人四眼，张四眼、赵四眼、李四眼……

无名四眼走到正格面前时站了下来，上上下下打量他一番后问："你姓王吧？"

正格下意识地嗯了一声，转而想不对，想不承认自己姓王。他对四眼说："我认不得你！"像遇到坏人一样赶紧转身跑了开去。

四眼冲正格背后说："我认识你，你就是姓王，你家住在福慧庵巷里……"

正格到学校附近的小烟酒店取书包的时候，店主周扒皮在吃饭，他放下手上的饭碗说："我不晓得你们是放了书包到运河里去洗澡，早知道怎么也不会让你们放。"

他说那会儿祁武老子押着祁武来，拿起书包就砸在祁武头上，祁武也不躲闪，铁头，像什么事情也没有。周扒皮摇头晃脑地说头不能打，小孩子的头越打越笨，他也知道祁武是留级生，说祁武一定是被打得次数多了。

周扒皮端起粥碗吸溜了一口，用筷子夹了一块大头菜到嘴里，咯崩咯崩地嚼了两下。正格的肚子里马上跟着咕噜噜叫起来，胃开始难受。转身走的时候，周扒皮告诉他小店里开始卖冷饮了，有棒冰和酸梅汤，比冷饮店里的要好吃和便宜。正格才不相信呢，周扒皮一块香橡皮都要比别的地方贵两分钱，还吹是从上海进的。

不过周扒皮这么一说倒是让正格想到了香精的事，就怕这么一来没指望了。他垂头丧气地走在街上，很多人都盯着他看一眼，因为他背着书包。谁都会猜他是不是闯了祸不敢回家。

他还是不知不觉地走到了家门口，抬起脚往门槛里跨之前他有侥幸的想法，老王不在家就好了，老王要是到单位里去查岗就好了。收原料的季节里，老王早上上班也早，到第二天中午他最好又忙昏了头，不记得追究了。

没有那样的好事，老王坐在堂屋里，见到正格二话不说就拉他过去，不是打他，是将他田径裤头的松紧带翻出来摸了一把，见是干的就又在他手臂上用指甲划了两道，没有发现泛白的水垢斑后才排除了正格去游泳的怀疑。

老王问正格到什么地方去了，怎么到这个时候才回来。

正格不吭气，什么话也不说。他奇怪老王怎么没有提到他的罪状，祁武老子难道没有来家里告状。

老王见正格不说话，有点恼，像是要动手。妈妈过来拉正格到边上，问他到什么地方去了。要他说老实话。

正格轻声说，他是到河堤上转了转，想赛猫了。妈妈听他这么一说，神情马上黯淡下来，到老王面前要他不要问了，说正格并没有下水去洗澡。

老王放了正格一马，让他赶紧去医饭。医饭是句骂人的话，是把饭当药吃的意思。正格不管这些，他看到有一大碗蛋炒饭在桌上，还有半盘子韭菜炒面筋。他拉过碗来狼吞虎咽地开吃，老王倒也没有像往常那样骂他吃相不好，坐在桌边上看着他吃，说能吃是好事情，拔身体了。站在一边的妈妈见正格面前的盘子空了，碗见底了，问他够不够。正格说不够，还要吃。老王说，真是长身体了，都老鸭嗓子了。他还笑了笑，正格不知道他是什么意思。

妈妈很快地下了一碗挂面过来，端到正格面前的时候他已经觉得饱了，看到老王那种奇怪的打量他的表情，他埋下头将面条三叉四叉就拖下了肚。

吃完饭正格知趣地去洗澡，天井里有大半桶太阳底下晒的水，夏天里每天他用这样的水洗澡。

正格觉得自己的力气大了起来，过去提白铁皮水桶趺趺撞撞的，现在稳当当的。

他把椭圆形的木澡盆用一块砖头垫起一头，将脸盆放在低的一头，往脸盆倒水，直到溢出来一些。今年和去年的变化是他坐到澡盆以后腿放不下了，得伸到澡盆外面去，而这样很容易将地板弄得水淋淋的。

关上门坐到澡盆里，刚从脸盆里捞出毛巾，外面老王就来叫开门。正格不想开门，就说马上洗好了。老王像是等不及，弄什么东西在门外挑门扣。

门被打开老王跑了进来，手上拿着那把挑门扣的不锈钢直尺，他进来根本不是拿东西的，只盯着澡盆里的正格看。正格将毛巾放在两腿之间，拿起肥皂在干的身子上擦着。老王笑笑，又是那种莫名其妙的笑，他退了出去，给正格掩上门。

正格在睡觉之前潦草地做完了家庭作业，是组词和造句，他觉得太简单了。有一条“以为……但是……”，他这样造了：我回家迟了，以为老王会打我，出乎意料，我没有挨打。但是，老王有些莫名其妙的表现。

将一个句子做得很长是水平，老师这么表扬过他几次，在课堂上还念过他造的句子。莫名其妙这个成语是刚学的，用上了觉得很妥帖，老王今天就是表现得莫名其妙。

莫名其妙的事情还在接连发生，他在床上刚躺下老王就跑到房间里来。房间里没有亮灯，影影绰绰地见他一手托着半个西瓜，一手来撩蚊帐。

老王以命令的口气说：“起来吃西瓜！”

正格仍然不想和他说话，只慢哼哼地做了个起身的姿态，见老王在床头柜上放下西瓜转身，他马上重新躺下。

老王转身只走了两步就又转身回来，拉过一把椅子坐到床前。

“你妈妈说你到河塘上去了，你是想赛猫了？”

正格没有回答这个问题，连嗯一声也没有。

老王说："你不是想赛猫，是想你哥哥了，你不说我也知道的。"

正格沉默了一会儿，说："我就是想赛猫了，我没有想哥哥。"

老王说："你瞎说，你就是想你哥哥了。我不相信你不想……"

正格急了，说就是没有。"他那时候根本不带我玩……我一点也不想他……"鼻子一酸，他竟呜呜地哭起来。

老王无奈地摊摊手说："囊奤，没本事的人才为为难的事情哭。你哥哥正翔是不会这样的。譬如，他要养狗，我不同意，他敢和我吵，吵到我同意。这就是胆子，你没有胆子。你怕我，怕到不敢和我说话。"

正格一听老王这么说，厉声喊道："我没有，我没有怕你！"

老王说："好，好，好！你没有怕我才好，我不希望你怕我怕到像见到阎王似的。为这个你妈妈还和我吵。"

老王说完起身要走，正格呜咽着说："你拿走你的西瓜，我今天不想吃。我以后吃西瓜要像你一样，吃半个！吃鸭蛋也不要和妈妈分一个……"

老王嘿嘿一笑说："说来说去，心思还是在吃上。等你长大了，吃西瓜不是半个，是一整个；吃鸭蛋不是一只，是五只、六只，我一顿吃过二十只。"

老王摔门而去时丢下一句："毛还没有长出来，倒先装老卵。"

3

上午上学的路上正格见到祁武，他在正格面前表功，说是他坚决不允许老子到正格家告状的，要是老子去的话就揭发他偷单位东西的事。他老子在肉联厂，将大肠当腰带一样系着偷回家，高勒的橡胶靴里也经常放一两段猪里脊和三四个猪腰子。祁武说他老子不相信他有这个胆，祁武说：

“我有什么不敢？我们在学校里都刷了老师大字报，反老师和反老子都是一个反字，红小兵就不能造反？”他老子还是怕的，马上就不再啰唆什么。

祁武真的在学校里给老师贴过大字报，是炮轰体育老师蒋秃头，揭露蒋秃头殴打革命小将。他用毛笔写的大字报，字迹虽歪歪斜斜，但还是很轰动。三十来岁的蒋老师教体育课，同学们暗地里称他蒋秃头是因为他跟蒋介石一样姓蒋。

祁武一点也没有责怪正格昨天在河堤上没看管好他衣服，也没有提正格揪了他一把头发，倒是一副讨好的神情，央求正格在苏晴面前说明一下。说明什么呢？说明他老子并不敢打他，只是在他面前比画一下。

正格看到祁武有求于他，便问香精什么时候能给他，祁武说下午就可以，已经放在家里了。正格于是同意了去苏晴那里去说。

两堂课的课间正格都没有找到和苏晴说话的机会，他有点急了。苏晴总是在和几个女同学跳橡皮筋，他只能隔得远远地看着她。苏晴跳橡皮筋时也很好看，两个羊角辫跟着跳跃的身体摆动着。班上的男同学好像都喜欢苏晴，每次排座位时都希望和苏晴排到一起。祁武也痴心梦想过，在分座位排队时弯下膝盖，没用的，班上男生他个子最高，最后还是和班长坐了。班长李芸上学晚，老师每学期给她免一块钱学费。李芸坐在教室的后面像个家长，老师居然还培养这样的人做班长。真是让人想不通。

正格要趁没有同学在场的时候和苏晴说一下子，被别人看到他找苏晴说话会被笑话的。正格最后是等在女厕所不远的地方才有了这个机会。但上课铃已经响了，苏晴急匆匆地要进教室。

正格对她说：“喂，你知道吗，祁武的老子其实不敢打祁武。”

苏晴不满地说：“喂是谁啊，是指我？”

正格看到她的指头在鼻子上，他有点心虚地说：“是的呀！”

苏晴说：“我知道是祁武要你说的，我看到他被打了。我哥哥也搞这一套，不吹牛要死吗？”

正格见苏晴都走到教室门口了，怕她说到教室里去，那样洋相就出大了。好在她没有继续说下去。

中午放学路上祁武反复问正格怎么和苏晴说的，他甚至要正格说出苏晴当时的表情。正格只说苏晴听了以后点点头，再问也只是说她很相信地点了点头。

祁武一块大石头从心里放下来的样子，跳跃着跑几步，抬手然后一个飞踢。

下午他将香精带给了正格，给之前他要正格回答一个问题，身上什么地方感到特别胀，正格想了想说，只是奶核子感到胀，还有点疼。祁武不怀好意地笑了笑，说马上还会有其他地方胀，会情不自禁地冒出东西来。

正格并不在意祁武说的，他的兴奋点在到手的香精上。眼药水瓶子装的香精只有半瓶，祁武说做一碗八宝饭只要两滴就够了。正格进教室以后马上知道了香精短少的原因，祁武在苏晴的桌子上挤了不少。下午整个教室里弥漫着浓烈的香精味道，教美术的周老师进教室以后鼻子嗅了嗅，没有说什么。祁武下课后得意洋洋地说：“自打可以贴老师的大字报，老师们乖了。”

放学后正格躲开祁武，回家放下书包，将香精瓶子找一个地方藏好，嗅了嗅，确定不会被家里人闻到。他写了一张纸条压在桌上，说他到街上去学雷锋做好事去，老师布置了写做好人好事的作文。

正格确实做了好事，在去粱逸湾的路上帮了一个拉板车的，在后面卖劲地推了很远，以致他到河塘上时都大口大口地喘气。

下到堤坡，他看到昨天晚上见过的那个四眼。他手上夹着一根烟，并不去抽它，只是不时地弹一下烟灰。

正格还是蹲在那里看人家游泳，他的心里是在犹豫的，能不能下水？

四眼往正格这里跑了过来，到他面前也蹲下，问正格怎么不下去，是不会游，还是不敢下去。

正格说："不关你的事。"说着他脱掉了衬衫并解开了长裤。

下水时正格知道四眼在看着他，他屁股坐在石头护坡上，一点点地往下挪。石头上有滑腻的青苔，水下面的石头也乱七八糟的，一脚深一脚浅，不小心就磕了膝盖崴了脚。这样的苦不吃过是不知道的。

四眼说："你经常下水啊，知道小心。"

正格不想被四眼夸，被人盯着很不自在。水到胸口时他身子往前一跃游了起来。

"你怎么游狗刨？"

身后四眼的声音很大，正格不敢回应他，本来这种姿势就很丢人，被他这么一吆喝，别人会都盯着他，没准苏晴也会听到。狗刨式一定不是个好泳姿，他挺着的脖子有点酸，也不敢再往前游，刨了两下他转过身子。

四眼笑眯眯地盯着他，用手臂做了一个蛙泳动作，说正格应该学一下蛙泳或者自由泳。正格不理他，游到岸边以为能够站住脚的地方站下来，哪知道水还深，一脚踩了空。他紧张地两脚踩水，喝了口水以后身子立住了，他不停地踩着，惊喜自己竟然学会了踩水，原来竟是这么简单，自然而然地会了。

四眼有点不屑地看着正格，下决心似的脱了衣服，他将眼镜除下来，用背心很仔细地裹好塞在衣服里，伸胳膊踢腿地运动了一下，站到河里撩起水往身上泼了泼。

他问正格，青蛙在水里有没有看过，正格点点头又摇头，他知道四眼是说青蛙在水里怎么游的，他确实想不起来青蛙在水里游是个什么样的动作。

四眼于是教正格怎么像青蛙一样游，正格照他的样子游了两下，四眼说他蹬腿的姿势还是不对，又示范了一次。正格姿势被调整了还是游不了太远，都没有狗刨式游得远。四眼说主要是紧张，一紧张就会很耗力气，臂力也很重要，要锻炼，会越游越轻松。还有，要胆大。

正格有一阵子盯着四眼，除下眼镜以后他的眼睛好像有点斜。

四眼要正格跟着他游一气，说他会游在前面护着正格。正格相信了他的话，笨手笨脚地跟着他游了起来。使了吃奶的劲游了十来米，回头一看，岸离得远了，他从来没有游过这么远。他慌忙转身，他害怕起来，怕游回去的力气不够。

他往回游两下，四眼追了上来，扯住他的胳膊要他继续往前游。他挣扎着，喝了一大口水，鼻腔里也灌进了水，酸溜溜的，一直难受到眉骨。见他还是要往回游，四眼夹住了他的头，他的手刨了起来，刨得很快，眼前尽是水花。

四眼松开手时正格还往前刨了几下，闪到一边去的四眼踩着水，要正格用蛙泳的姿势往回游。正格非不听他的，依旧用狗刨式，气得四眼要过来抓他到河中央去。

正格怕四眼真的这么做，不敢再刨。改蛙泳游后只几下就觉得胳膊沉得抬不起、分不开。看看岸还离得很远，头也重了，脖子有抬不起来的感觉。

四眼教他没力气就踩水，腿可以像游蛙泳那样蹬，手不动，像抱人那样。

正格没有听四眼的，他想坚决不听他的，偏不像他说的那样。他装作没有一丝力气了，一动也不动，他要让四眼看到他沉下去的样子，他要吓唬一下四眼。

可他并没有能够沉下去，身子是漂浮的，他的耳鼓里听到了“砰砰砰”的声音，特别清晰，像正翔笔记里写的那样。他觉得自己放松了下来，手臂不再像铅一样了，脖子也不感到是硬别扭着。头露出水面，见四眼已经游到了他前面一截，根本没在乎他要沉下去，一副见死也不救的样子。

到最后，他是拼尽了全身力气才游到岸边的，当他踩到一块石头上时，身子疲软，腿站不住，手抬不起来。

四眼在不远处撸着头发上的水，为他的所作所为辩护："学游泳就得这样，这样才学得快。"

正格气得骂了四眼一句极为恶毒的话："你家要死人啊！"

四眼的手不再撸头发了，在水里捞来捞去好几下，悻悻地说："要是你这话在我妈死之前说，我今天不管你是不是小毛头，都要饱揍你一顿。"

四眼为这句话生气，正格就觉得解气。他还没有恢复体力，踉踉跄跄地上岸，瞄了瞄四眼的衣服还在石护坡上，巴不能他衣服里的眼镜已经被人偷走。他抱上自己的衣服，钻到一处浓密的灌木丛里去换裤子，看看四下里没人，他把田径短裤脱下来搭在树枝上，快速地穿上长裤。上衣他不着急穿，开始拧裤头的水，水先是一下子被拧出很多，然后要用劲才能从指缝里再流出一些。最后要把裤腰的松紧带狠劲地拧，这地方藏水，很难晒干。

上了河堤，四眼已经在上面等他了。他手上拿着一个紫穗槐树枝做的晾衣架子，要过正格手上的裤子，撑在两根树枝做的十字架上，再用另外一根长树枝挑着，像打着一个灯笼。

正格高兴起来，学《白毛女》里面地主黄世仁的狗腿子打着灯笼讨债的样子，很滑稽地蛇行了几步，手还搭起凉棚望着前面。

四眼要正格溜一气，溜就是快跑的意思。"溜出汗来就刮不出水垢，就没白印子了。"

这个窍门正格还真的不知道，他于是打着灯笼溜起来，溜到身上汗津津的才停了下来，他回过头看四眼，四眼在他身后并没有多远，他在疾步走着，像是要跟上他。

正格停下来等四眼，他现在觉得四眼并不是十分讨厌和犯嫌，他打量着四眼，他的长裤并不湿，不知道他怎么换裤子的。想来大人的办法会很多，四眼回去也不会有父母打。刚才他说他妈妈死了，也不知道有没有爸爸。

四眼跑到正格面前站下，他掏他的裤兜，掏出一团皱巴巴的钞票来，居然有一张十元的大票子，还有一张五毛和两张一毛的。

四眼说等正格的裤子干了以后带他去冷饮店吃冷饮，正格不相信自己的耳朵。四眼说，是他请客，好好地吃一通。

正格马上将“灯笼”收到面前来摸，裤子才有三成干，恐怕还要等上半个小时。

太阳已经矮到了运河西边的树梢下面，快要到傍晚了。四眼好像也着急正格的裤子不干，在动着脑筋。他要正格将裤子穿上身焐，焐到晚上差不多就干了。正格摇头说不行，老王会在松紧带上摸一把，就会发觉的。

四眼笑了，问正格：“你叫你爸爸老王？”

正格点点头说：“我一直这么叫。”

四眼说：“好，我再教你一招对付老王的办法。你回去一进门就喊热，打一盆水在天井里从头淋到脚，就说老师教的，叫冲凉。”

真是好办法，正格为马上能够去吃冷饮高兴，哪里还去想这方法是不是真行，是不是有不好的后果。他到堤坡下面找个厕所，钻进去就赶紧穿他的短裤。小厕所很脏，臭得他不敢呼吸，憋得眼睛都发胀。

四眼又交代正格，这个方法是不得已而为之，只能用一次。大人担心的是下河游泳的安全，一定要将游泳的本事学好，那样才好。

去冷饮店的路上，正格跟在四眼后面想和他说些套近乎的话，人家都请他去吃冷饮了，该表示一下友好，只是想不出来说什么好。他也在心里想，四眼到冷饮店里会请他吃什么？会不会花五毛那张票子？要是只花一张一毛的就没有什么意思了，至多每人一根冰棒和一杯酸梅汤。花五毛就可以吃八宝饭了，他忍不住咽了一下口水。

到了冷饮店，四眼要正格找一张桌子坐下，也不问正格想吃什么。正格坐下来后看到邻桌有一个比他小一些的男孩在吃一坨冰激凌，说一坨冰激凌是从一把半圆的勺子里打出来的，圆溜溜地趴在盘子里。男孩吃得很香，边上望着他吃的老头一定是他爷爷，男孩吃两下他爷爷舔一下嘴唇。正格忽然想面前先有一杯酸梅汤，喝一口就不会也像老爷爷那样想舔嘴唇了。

四眼买的冷饮是服务员帮他用白搪瓷盘子端来的，端了三次，将桌上摆得满满的，有八宝饭、桂花酒酿、西米羹、赤豆元宵、枣泥年糕、凉粉、冰激凌、奶油冰棒、赤豆冰棒……所有的都是双份。

四眼过来时还单手拿了两瓶汽水，服务员跑来递给他们两把水淋淋的调羹。四眼用嘴咬开一瓶汽水递给正格，又给自己咬了一瓶，将调羹上的水甩了甩说："一个人一份。开吃！"

四眼举起汽水瓶扬起脖子喝了一口，端过酒酿用调羹挖了一大块塞到嘴里，他含混不清地说："我梦想过有这么一天，像这样敞开肚子吃冷饮，但那是我和你哥哥一起吃，而不是和你。"

正格知道了，四眼认识他哥哥。他的注意力不在这种关系上，而在考虑是先吃八宝饭还是先吃冰激凌。他打定主意不喝会灌饱肚子的汽水，也不吃味道怪怪的酒酿，其他的争取全吃下去。

他还是先吃了日思夜想的八宝饭，用调羹拨了半勺带着青红果脯丝的黏米饭，蘸了一下盘子边上渗出来的糖汁。这一吃他才知道香精原来不是在黏米饭里，而是加在了糖汁里。四眼一定认为酒酿好吃，看他吃的快活样子就知道。正格也忙里偷闲地挑了自己碗里的一小撮酒酿尝了尝。酒酿就是不好吃。

吃完八宝饭吃冰激凌，冰激凌的第一口味道非常好，非常浓的牛奶和非常甜的糖在里面，还很香，不同于香精的那种香，闻不到吃得到。到喝下半碗西米羹时，正格觉得肚子已经饱了，他有些恐慌，怕吃不下剩下的那些。他在心里说，不管怎么样也要将每样都吃一吃。

看四眼又喝汽水时，他决定汽水是坚决坚决不喝。四眼似乎看出他的心思，建议他吃不下去的话每样吃一半。他还没有想到放弃，就找出借口来说，那样很浪费。四眼说不会浪费，正格知道他的意思，觉得他已经在盯着自己这边的汽水，他的那瓶喝光了。正格还发现一件奇怪的事，四眼的双手有大块花白。

正格问四眼："你的手怎么了？"

四眼抬起没有拿勺子的那只手，翻看手掌的两面说："油漆烧的。我做油漆工。"

正格不再问什么了，想他手掌上烧出这样的斑一定很疼过。

剩下的枣泥年糕和凉粉正格实在吃不动，不要说像四眼说的那样吃一半下去，就是拨一点点到嘴里也不想。冰棒快融化了，他揭开裹皮，把牛奶的和赤豆的分别放两个碗里。四眼夸正格蛮会吃的，也学他样子处理没有吃的冰棒。

正格喝完一个碗里的冰棒汁，端起另外一个碗到嘴边时才宣布自己彻底不吃了。

四眼将正格剩下的一一端到自己面前，风卷残云般地吃了，最后吃完的是酒酿。他站起来时打了一个饱嗝说："酒酿真好吃，以后专门来吃十碗。"

正格被他鼓舞了，拿起桌上四眼喝剩下的半瓶汽水喝了一口说："汽水真好喝，以后我专门来喝十瓶。"

四眼拍拍正格的肩膀，问他是不是吃饱了，吃尽兴了。正格点点头。

出了冷饮店的门，正格突然想吐，肚子里刚吃的东西被一股气顶起来到了嗓子眼，他捂住嘴嘟囔了一声"不好！"赶紧捂住肚子小跑到对面的小巷子里，对着一个墙角吐起来。吃的好像都吐出来了，一摊东西中八宝饭的红绿果脯丝特别醒目。

四眼过来拍着正格的后背，正格转过脸来时泪眼婆娑，他不好意思地替自己解释："眼水是呛出来的，就是那口汽水，不应该喝那口汽水……"

他不明白的是，四眼的眼泪也冒了出来。

四眼没有吐为什么出来眼泪？他吃得比我多，是比我更难受了？正格在心里打着问号。

他看见四眼是哭了，真的在哭，哭出了声，哭得蹲在地上。

他害怕起来，不知道突然发生了什么，他对四眼说："我要赶紧回家了，迟了要挨打。"四眼哭得好像听不见似的，他赶紧转身走了。

一路上他想出了四眼哭的原因："他是舍不得。请我吃的都被我吐了就伤心了，一定是的。"

到家门口天已经黑了，进门没有看到老王的自行车搁在门廊里，正格心里轻松了很多，妈妈不会检查和盘问他，喊了两声热后他脱掉长裤和短袖衬衫，将天井里白铁皮桶的水淋到身上就大功告成了。

妈妈在厨房里，看到正格立即就出来了，拎着腌咸菜的坛子。她将坛子横卧在天井中间，过来一把拧住正格的耳朵，将他揪到坛子面前跪上去。正格蒙住了，不知道犯了什么，妈妈很少和他来这一套，罚跪是她最严厉的惩罚手段，一般都在正格闯了大祸的情况下才用。拧耳朵基本上没有过，而且拧得很重，这让正格很是意外。

对妈妈正格敢撒撒野，他扭着脖子喊："干什么，干什么？"

"干什么啊？你自己想，你干了什么，想干什么？招认了，画招了，你再起来。你要小心你老子……老王回来那一顿……"

正格捂住耳朵，耳朵火辣辣的。

糟了，她知道我下河游泳了？不可能，她没有抓到我就没有证据，也没有检查过我裤子怎么会知道？

她知道我在家里偷吃了？偷吃不是严重的事，那会是什么事呢？

正格的脑筋飞快地转起来，在心里将做过的坏事一一回顾了一下，觉得没有什么。

妈妈过去让他罚跪是跪在门槛上，发现他居然能跪着打瞌睡，就让他改跪坛子，坛子滑，一打瞌睡腿就会磕在地上。

跪了很长的时间妈妈也没有要正格起来的意思，正格趁她不在意，悄悄地摸了一下田径裤头的松紧带，还湿漉漉的。就想罚跪也是好事，老王回来倒不至于再检查他的裤子。老王单位收麦草以后回来得越来越晚，夜里还要到草库去查岗，怕值班的人睡觉，怕火烧起来发现不了。

正格搁在坛子上的膝盖疼，腰也酸了，见妈妈并不在意他这边，他就蹲了下来。蹲下来马上觉得腿麻，他便一屁股坐在地上。坐着舒服却不敢久坐，还是爬起来蹲着，好在妈妈注意这边时可以马上跪到坛子上去。

妈妈终于过来了，不是要他起来，而是重重地按了一下他的头说："你是想到大运河去洗澡，去送死是不是？"

"是游泳，不是洗澡。"

"你还敢回嘴，要游过大运河是你的梦想，是你的雄心壮志是不是？"

"我没有。"

"你有。我都知道了，你赖不掉的，你是写在作文本子上的。"

"作文是老师要我们写的，一个梦想，我就瞎写了。作文里写的不可能都是真的，祁武说他遇不到要做的好事，就把一个老头推倒了再拉起来。可他只写拉老头起来……"

"这哪是做好事？这哪是好人做的事情？你们连好歹都不分，书读到屁眼里去了……"

正格不敢再狡辩和回嘴了，妈妈只有在十分生气的时候才骂粗话，骂粗话十有八九会和老王打架。

"你想想你哥哥！想想他是怎么死的？"正格的肩头被重重地搡了一把。

他听到老王自行车的转铃声，知道他回来了。他有这么个习惯，喜欢进门时揿一下车铃。

"哐当"一声是老王架自行车的声音，他人还没有走到面前就有一股浓烈的汗馊味蹿过来。正格不敢回头，将身板挺直。

老王拿出条毛巾到自来水池边洗脸，正格有些怵，他怕老王手里有湿乎乎的毛巾，那家伙抽过来比巴掌还厉害。

老王用毛巾在脸上擦的时候让正格起来，他对正格妈妈说："昨夜里草库有了一次火警。"

正格妈妈马上紧张起来，问烧得怎么样。老王舒了一口气说："发现得早，马上就扑了，居然是那个家伙发现的。"

"啊？"妈妈惊讶的一声。

"我今天带它到熏烧摊上买了一块猪头肉给它吃，吃完了我踢它屁股一脚要它滚回去。它呜呜的，不情愿呢，要跟我回来。"

正格妈妈叹了一口气，指着正格说："他闯死呢，要想游过大运河。"

老王说："今天先不说这个。"转过来对正格说，"我不打你，你想想，什么事情能做，什么事情不能做。明天写个检查书给我，觉得没有可检讨的，就写个看法给我。"

正格"嗯"了一声，老王不满意，要他大声一点。正格大着嗓门喊了声："是！"

老王说："这应该是对你非常客气的了。"

正格的检查书当天晚上就写好了，他就当作是写一篇作文，做了几个很长的造句。但他没有立即交给老王，到第二天的中午也没有。他希望老王这几天在单位忙昏头，想不起来有这么件事。

4

天气十分闷热，教室里的门窗全部敞开着，这就让操场上上体育课的喧闹声经久不息地传进来。正格在课堂上心里痒痒的，盼着早点放学，盼着能够早点到河塘上去，他想去游泳，去操练一番；他也希望能再次见到四眼，他有些担心，四眼为什么就哭了，还哭得那么伤心？就怕四眼要面子，不好意思再见到他。

好不容易挨到放学，路上祁武拦住正格，要正格和他一起去河塘上。正格没有告诉祁武，他往家走是为了放下书包去游泳。祁武还以为正格不想去，诱惑正格哪一天带他去食品厂看做冰棒，甚至还关心了一下他的八宝饭做得怎么样。正格知道祁武的目的，是要他坐到堤坡上看衣服。

正格说他对八宝饭已经没兴趣，昨天在冷饮店里将各式各样都吃了一通，八宝饭还真不是最好吃的。

祁武不相信，怎么可能呢，这牛吹得也太大了。正格说，是他哥哥的一个朋友请的，祁武这才有点相信。

“你知道李芸做了一件什么事情？”祁武问正格。

正格说：“她做那么多的事情，我怎么知道是哪一桩？再说她是跟你坐的，你们上课经常偷偷地讲话。”

“她告诉你妈妈你作文里写的事情了。让她姐姐上班的时候告诉你妈妈的。”

“告诉就告诉，有什么了不起的，我反正也没有挨打。”

正格说完这句话见已经走到了巷子里，他猛跑起来，他要撇下祁武，祁武在曲里拐弯的巷子里跑不快。正格跑了一阵子回头，见祁武果然被甩掉了。

正格到河塘上后，下到堤坡上四下里瞭望，没有他不想见的祁武，也没有他想见的四眼，这让他高兴之余又很失望。

他下水游了一下，蛙泳的姿势已经能够游得顺手顺脚，也不那么吃劲了，但还是不敢游远。

四眼在堤坡出现时像正格一样地瞭望了一番，他是找正格，他的肩上斜挎着一条黑色的、充了气的汽车内胎。正格看到四眼便踩着水挥手，激动之中猛喝了一口河水。

四眼见到正格后跑到他的近处，将车胎从肩膀上解下来抛向他。正格见黑黑的车胎飞过来，头一偏，车胎“砰”的一声落在他边上。他一伸手捞住，压住车胎仰面躺上去。车胎是卡车的，正格小小的身体像躺在船上。他晃动着身子漾起水面，很是惬意。

四眼衣服脱得飞快，下到河里来立即就将正格掀到水里，他搂着车胎说：“过大运河去！”

正格以为耳朵听错了，直到四眼再说了一句：“你往对面游！”

正格不动，盯着四眼的车胎，他想抱着这个东西游过去还差不多。四眼说：“游不动我再给你。”

见正格还在犹豫，四眼有些不耐烦地说：“随你便，你不游我就不和你玩了。”

这句话很起作用，正格寻到水浅的地方稍微歇了一下后往对面游。他游了没多远就回了一下头，看四眼有没有跟上。

四眼优哉游哉地跟在后面，他说：“你哥哥游得非常好，当初是他教我的，把我往深水里拉，带我过大运河，当时我也怕死了，呛了好几口……水。”

正格不搭腔，说话要力气。离河中间还有一大截，他已经感到身子重，手也抬不起来了。四眼让他放松，可以踩水，可以仰泳。

离岸越远，水流越急，正格这才知道，他要游的不是他目测过的直线距离，而是要长得多。他瞄了一眼四眼抱着的车胎，心里还是踏实的。

他游得很慢，动作很吃力，颈项很酸。差不多到河中央的时候，觉得手臂划不起来腿蹬不动了。

四眼说：“你踩水歇会儿，你仰泳歇会儿……”

正格不会仰泳，他只得立起身子踩了几下水。四眼让他放松，手脚不动屏住气，会游水的人这样是沉不下去的。正格照他说的做了，果然是的，身子漂浮在水面上。

又有了些力气，正格开始往前游。对岸越来越近，他加快动作想游快一些，可这样他很快就又没有了力气。他照先前的办法让身子在水里放松下来，可再游起来的时候还是没有力气。他回过头来向身后的四眼游去，他要去抓那只能够托起他的车胎。

四眼见他这样不仅没有将车胎推给他，反而奋力将车胎抛到了前面有三四米远的地方。正格要拿这个车胎就得转过身来，他不得已又往对岸游，岂料四眼速度比他快，三划两划地就抢在了他前面，车胎变成他鼻尖上的一块糖，看到吃不到，他嘴里还倒灌了一口水，鼻子酸溜溜的。

四眼游在正格的前面，正格断了抱车胎的念头拼了全身的力气去游，他不再去盯着似乎还很遥远的岸上，只看着四眼。

好了，游在他前面的四眼站了下来。他撸了一把脸上的水，变形的眼睛翻了一下说："不是游过来了？！"

正格一看岸边，真的已经近在眼前，只有七八步远了。见已经挨着四眼，他马上停下来想站住身子，可脚底下却是空的。这回他没有慌张，闭上眼睛再游，直到手碰到了护坡的石头。

抓住粗硬的护坡石头，正格转了一下身子，软软地瘫在水里的护坡上，大口地喘着气。岸边的河水温温的，让身上的每一处毛孔都张开了。

抬头，他看到天很蓝，只有一两个独来独往的跟头云在飘着。低下头，他贴着水面望到对岸，人头攒动的对岸显得很遥远，偏离了七八十米。

他猛然从水里站了起来，拼命向对面招手，他看到了她，穿着柠檬黄连衣裙的苏晴。他希望苏晴能够看到他，看见他是在大运河的对面，知道他是游过来的。

苏晴显然没有看见他，目光一定只在堤坡上的衣服堆里，她要找到她哥哥的衣服。

正格有些失望，甚至是沮丧。他扭过头去看四眼，四眼在折一根细细的树枝，用这个树枝在捣鼓车胎的气门。

“上来吧！我们往上游走，然后游回去。”

正格顺从地爬上岸，他的裤头汩汩地往下淌水，流到脚面上痒酥酥的。撸了几把裤子上的水，拉了拉松紧带，他走到四眼前面，挑着平整一点的石头下脚，在斜的堤坡上慢慢地往南走。

走到与对岸下水的地方正对着时，正格的脚步慢了下来，四眼在身后说，这才算一小半，要跑远一些。又走了很远一截，脚被石头硌得很疼，还是被太阳晒得滚烫的石头。正格站下来，脚掌弓起来站在那里不动身，一步也不想走了。

四眼无奈地说：“下吧，你要冲着这里的对岸游，不要朝着放衣服的地方，那样的话会游到八丈远的下游去。”

正格学四眼下水时的样子做了一下扩胸运动，胳膊和腿都酸溜溜的，胀胀的。瞄四眼挎着的车胎，他大吃一惊，车胎不是鼓鼓的了，瘪塌塌地趴在四眼的肩上，看到气门上插着的一截小树枝，知道是四眼故意放掉了气。

正格的腿和胳膊越发沉重起来，他都不愿意再下到水里去。

四眼说：“你不是已经游过来了？游过来和游过去是一回事。”

正格说：“才不一样呢，你这么坏，总是给我苦头吃，我都没劲了……”

“我不是给苦给你吃，我这是在教你游泳，这样学得快一点。你哥哥就是这么教我的。你看我，现在游得多好！”四眼说。

“我哥哥游得屁好，要是游得好也不至于死在河里……”正格带着哭腔。

“你不知道情况，你哥哥的情况你不知道……”四眼也急了，有点嘴打锣舌打鼓，他带着歉疚的又要解释什么的表情看着正格，“我就是要你相信，你能够游过去，没有救生圈，没有我，你一样行。没关系的……”

四眼下到水里，说：“你这么大个细娃，我夹着也能带你过河，没有车胎怕什么呢？”

正格看他这个模样笑了，他笑四眼斜挂着一条瘪塌塌车胎的样子，很是滑稽。

他只有相信四眼说的。有什么办法呢？

游回去的过程可谓顺风顺水，正格听了四眼的话，不看对岸，只看自己面前。游到中间，过一半的时候，他看到下游有一艘拖轮开过来。四眼见他一直盯着拖轮，便说：“远着呢，到面前时我们已经上岸了……我们上岸后带你去吃擦酥烧饼或者下饺子……”

正格一听要带他去吃，来劲了，游得更有精神，他的动作比前两天协调多了，也就省劲些。

游到岸边后正格很奇怪，竟然不像游过去时那样疲乏无力。

上岸后他急吼吼地到灌木丛里脱裤子挤水，四眼也跟着他，这就让他知道四眼是怎么换裤子的，他原来在裤子口袋里还塞着一条换的裤子，他的裤子很小，是尼龙的，一挤就干了。四眼帮正格挤了一把裤子上的水，他力气大，正格感觉经他挤了的裤子再焐在身上不一会儿就会干了，不需要再折树枝打灯笼晒。

从河塘上下来时四眼问正格：“认识不认识祁杀猪新住的地方？”

祁杀猪就是祁武老子，正格怎么可能不认识祁武家呢？正格告诉四眼，他不仅认识祁杀猪的家，还知道他下午四点钟下班以后在什么地方，他在酱醋厂和肉联厂相连的那个巷子里，他在窨井里捞鸭毛。四眼说，那就不去祁家，要正格带他到祁杀猪捞鸭毛的地方。

路上四眼买了两个香喷喷的擦酥烧饼，并没有立即吃起来，而是跑到熏烧店里再买了五毛钱的卤猪头肉夹上。夹了肉的烧饼正格和四眼一人一个。四眼吃得很猛，一嘴咬了烧饼一个大缺口，说：“真香，真他妈的香。”

“交代你一件事，特别重要。你肚子过空和过饱的情况下都不要到河里去游泳。那样很危险！”

正格点点头，他没有嘴说话，要吃手中的饼。他也有些着急，还要带四眼去找祁武老子，天都快要黑了。

从北门菜场边上的一条小巷上一条坦坡，再右拐就到了拥军巷，祁杀猪果然在那里，他掀开窨井的盖子，下水道里被他装了一面拦网，他用一个渔网做的大勺子挖上来下水道里的鸭毛。

四眼见到祁杀猪几乎是冲了过去，令正格想不到的是，四眼抄起祁杀猪放在身边的棍子，那根赶猪用的磨得油光水滑的木棍子，他没头没脸地抽向祁杀猪。

祁杀猪立马像被赶去挨宰的猪一样哀号起来，四眼手上的棍子一点也没有犹豫，死劲又抽了好几下。

四眼用棍子指着祁杀猪说：“我是欣正荣的儿子欣鹏，打你是子报父仇，是你骂我父亲，害死我父亲的……”他又狠狠地抽了一记。

祁杀猪捂住头喊：“打死人了！打死人了……”他看到了愣在那里的正格，用指头狠狠地戳了戳正格。正格看到祁杀猪怨毒的眼光，还是害怕了，他要离祁杀猪远一点，退后几步，他选择转身离开，走到巷头那里等四眼。

正格心里“怦怦”跳得很快，他有点紧张，怕祁杀猪还手将四眼掀到窨井里去。现在他知道了四眼的名字叫欣鹏，想起来过去确实有一个成天跟在哥哥屁股后面的同学欣鹏。不过那个欣鹏不戴眼镜，比这个欣鹏胖很多，几乎胖到祁武那个程度。

欣鹏很快从巷子里出来，他手上还握着那根棍子，气犹未平地将棍子狠狠地扔在地上，棍子发出“咣当”一声。

正格看看欣鹏身后，就怕祁杀猪追过来。好在没有。

他们是在北门菜场门口分的手，正格停下脚步说：“我要从这边走了。”

欣鹏说：“知道，你回家吧！”

正格回家的路上怕了起来，裤子没干，松紧带摸着还湿乎乎的，还怕祁武老子这次是免不了要找到门上来的。

祁杀猪怎么就害死了四眼欣鹏的父亲？他刚才有没有被欣鹏打伤？要是被打伤会伤在身上什么地方？要是真打伤了祁杀猪的话欣鹏就要坐牢了。他甚至想起前一阵子铐着手铐、挂着大纸牌子在大街上游行的犯人，他们就是打人的，定了流氓罪。

这么想着的时候走到了家门口。家门口横着一辆满身腥味的长征牌自行车，一看就是祁杀猪的，家里面吵吵嚷嚷的，听到老王和祁杀猪在争辩，老王的嗓门很大，要祁杀猪到派出所报案而不是到别人家里胡搅蛮缠。

正格不敢再继续听下去，他怕祁杀猪突然从家里跑出来。他走到不远的地方，能够看到家门口的地方，等着祁杀猪从他家里出来。

祁杀猪过了一会儿从正格家里出来，他像个国民党的伤兵，正格在电影里看过的残兵败将，气冲冲地将自行车的撑架踢了好几脚。

正格马上就回家了，他觉得反正是一顿打，躲是躲不过去的。

老王在天井里摆了矮桌子，在喝一瓶啤酒，没有用杯子，是套着嘴喝的，看到正格也没有停下来，狠狠地灌了一口酒。

“做好人好事的人回来了。”老王对正格妈妈说。正格妈妈对正格挥了下手，让他到屋里去搬板凳。

正格拿了板凳出来坐在桌子的边角，尽可能地离老王远一点。

老王又灌了一口说：“祁武父亲来报过喜了……”

正格马上乖巧地说：“我知道，不是好事。”

老王惊讶地“唉”了一声说：“还知道好事坏事哦，这么说真是你带欣鹏去打他了。”

“我不知道是去打人，要知道我就不带他去了。”正格为自己解释。

老王点点头说："好，好！"

正格埋下头，赶紧扒饭。听见妈妈说："打人总归不对。"她说完这句就站起来跑到屋里去了，老王冲着她的背后瞪了一眼，拿起一只咸鸭蛋在桌上磕了磕递给正格。

老王稀里呼噜地吃了半碗泡饭后，说出句让正格吃惊的话："你明天带我去找欣鹏，我要见他。"

正格没有吭气。老王接着说："其实吧，我前两天就知道他回来了。去他们家找过他，我知道他们新搬的家在哪里。他躲我，知道他还是不敢见我。"

听到老王要找欣鹏，正格心里的主意一下子就拿定了，坚决不能带老王去见欣鹏，不能告诉他欣鹏每天下午会在河塘上。也不能告诉祁杀猪，不能让他去报复。

正格对老王说："我不知道欣鹏在什么地方，你还是找其他人带你去吧。"

老王问正格："你什么意思？"

正格不吭气。老王站起身来，想搞老一套，揪他的耳朵，手都伸出来了却又收了回去。

妈妈过来对正格说："你该告诉你爸爸怎么找到欣鹏，你爸爸有正经事，不是要为难他什么的。也跟祁武爸爸的事情没有关系。"

正格仍然不吭气。背过身他忽然笑了，笑老王和妈妈竟然一点也没有查他下河游泳的事。

5

第二天中午老王没有回来吃饭，妈妈告诉正格老王留下话，要他下午放学以后到草库去。正格马上想到这大概是老王要弄他去修理，找了放学后要和同学一起去贴大字报的借口。妈妈说不行，一定要去，不去的话她晚上回来都要收拾他。

“你们这些小毛头，在学校里不好好学习，也想斗老师，贴老师的大字报，翻了天了，苏晴妈妈一五一十地都对我说呢。人家苏晴学习就是好，不像你，一心只在玩和吃上。现在还想做没脑子的事情，想要贴老师的大字报……”

饭桌上没有老王在的时候妈妈总喋喋不休，正格不耐烦地将煮鱼的卤子倒进碗里拌饭，用筷子下劲地在碗里捣。

不过，放学以后正格还是乖乖地去了草库。他好长时间不去了，草库也好玩，平时想去老王是不让的，已经有几年没去那里了。

草库是一级消防单位，车辆和人员进库都要检查，闲人莫入。可这对正格来说不算什么，门卫没一个不认识他们队长家孩子的，见到正格来赶紧往里面打电话，有一个消防员跑来接他进去。

从南门进草库到北边的办公室，要穿过一条三百多米长的熳着碎草的消防通道。

草库里尽是草，巍巍的金黄麦草垛和绿汪汪的地上叫不上名字的杂草。草垛到了冬天就变成灰色的，像乡下被雨淋久了的土墙，草垛有学校操场那么大，三层楼那么高，老王说从上面摔下来非死即残。消防队有能够爬到草垛顶上的云梯，他们的消防水泵也可以隔很远就能打到草垛顶上。

隔几个草垛就有一条七八米宽的消防河，消防河总是不断有水草长出来，消防队员有一项重要的工作就是将这些水草捞上来。正格走到一条他曾经抓过小龙虾的河的岸边停下脚步，他希望能够抓到一只癞蛤蟆，用树枝系着便可以在河里钓小龙虾。小龙虾的螯只要一攫住癞蛤蟆就死不松开，用一只癞蛤蟆可以钓上来很多的小龙虾。

正格捡起地上的一根树枝蹲在河边，在水里撩了撩，看看里面有没有穿来穿去的鱼秧子。

骤然间他听到地皮上有“噗噗”的声音，回过头来，一大团黑乎乎的东西裹挟着一股风扑向他，在他怀里打了个滚钻了出去。猝不及防的他单膝跪在地上，手在地上撑着才没有被扑倒。他马上知道这是一条大狗，他听到了粗重的“呼哧呼哧”的喘气声和一股似曾熟悉的味道。

这条大狗蹿出去几步后猛转回身，前腿平伸着，把下巴贴在地上，后腿站着把尾巴翘得高高的，扑簌簌地猛甩着。它水汪汪的大眼睛盯着正格，见正格也在打量它，重又扑向他。

正格激动地叫了一声：“赛猫！”

他和扑上来的大狗抱成一团，在地上打了几个滚。他把赛猫的头紧紧地夹着，生怕它跑了似的，他能够感觉到它的激动，除了难以言表的动作，还有它剧烈的颤抖。

“你没死啊？赛猫！”正格下劲地拍着它的屁股，它的尾巴摇得更猛烈起来，扇到身上都有些疼。但这些都是正格乐于接受的，他也高兴得不行。

老王不知道什么时候过来的，他一声“水龙——立正！”赛猫马上跑他面前蹲坐好，甚至头也不回过来看正格。

“起！”“坐！”“走！”随着老王的口令，赛猫跟在他后面走着正步，正格也不再蹲着，站了起来，紧跟在他们后面。

到了消防队办公室门前赛猫不进去，任正格怎么唤它也不敢进。老王说它在上班，它现在有名字，叫王水龙，每个月都给它开工资。原来八块，最近刚涨到十二块。它的工作主要是在夜间，前几天幸亏它发现了一次火警。“我买了一大块猪头肉给它吃。”老王在说到这个特殊的奖励时很是得意。

正格从窗子往外看一眼，水龙已经不在外面了。他有点不相信，跑出去看真是不在了。

老王打开他手拎的人造革包，拿出一瓶汽水，像是专门为正格的到来准备的。他咬开瓶盖递给正格，继续说狗的事情。

欣鹏的爸爸在肉联厂养狗，那里的狗会赶猪，猪要是逃到河里去狗会下去咬着猪的耳朵，将猪拖上岸。正翔养狗是要将狗训成会报警的消防犬，他在一本翻译的苏联连环画里知道有这样的犬，通过特殊训练能够做到。“他那时对我说起这些时，我怎么也不相信。”老王的眼睛有点濡湿，神情黯淡下来。

“正翔是因为赛猫死的，我当时不可能不恨这个畜生。我杀了它的念头都有，更不用说是用麻袋沉它到河里了……”

老王没有说他为什么没有对赛猫这么做，说他当时怎么也不相信欣鹏所说的，正翔绝不会因为肚子空了没有力气而沉到河底，那天中午他吃得很多。他不应该背着一袋沉甸甸的螺蛳过河，不应该在自己都没力气的情况下还不扔掉。

正格说，他知道正翔肚子为什么吃饱了又变空了。正翔看了电影《追捕》，他学杜丘吐吃下去的东西，哪知道赛猫马上就将他吐出来的东西吃了，以后他就经常吐了给赛猫吃。他也想学哥哥那样吐，哥哥不许他这么干，用脚踢他的屁股，踢得生疼生疼。

正格这么说着的时候看到老王的脸色变得煞白，他的腰弯了下来，手捂住胸肋骨。他挥手示意正格出去，并在他刚跨出门槛后就关上了门。

正格在门外待了一会儿，见里面什么动静也没有很紧张，他敲了敲门，喊：“爸，你开门。”里面没有回应，他大起嗓子喊：“爸，你开开门！”

门打开了，正格见到爸爸的手还捂在腰上，他用另外一只手拍了拍正格的肩膀，让他回去。

爸爸说话的语气从没有过的温和，拍肩膀的动作也是轻柔的，让正格肩头一热。

正格很听话地回去了，走到草库中央的时候他看到一只蹦跶的癞蛤蟆，他没有上前去捉。他很失望的是没有再见到赛猫，现在的水龙。他想踢水龙的屁股一脚，狠狠地，像哥哥正翔当年踢他一样。

晚上正格爸爸没有回来，妈妈说他这天要住在草库里。正格问爸爸会不会有什么事。妈妈奇怪地看着他问："你是说老王？"

正格说："我是说爸爸。"

妈妈说："你爸爸会有什么事？他又不会下水去洗澡，不用家里人成天提心吊胆的。"

正格解释自己不是下水洗澡，是游泳。他已经会游蛙泳了，能够游大运河一个来回。

妈妈瞪起眼睛说："你爸爸说再也不打你了，可就下河游泳这件事，我现在就想打你。我要警告你一句：再下河洗澡……游泳我打断你的腿，养你个残废也不让你去送命。"

"下河就一定会送命吗？"正格的嘴硬起来。

妈妈没有理他，收拾家里时弄得"乒乒乓乓"的。

正格告诉妈妈，下午在草库时见爸爸身体很不舒服，妈妈一听就急了，找了把手电筒要去草库送药。正格要跟着去，妈妈不让，出门时她竟然又改了主意，让他一起去。

6

第二天学校只上了半天的课，下午两堂课全部考试。

考试前祁武对正格说："按理说我要报仇，欣鹏老子养的狗太犯嫌，只要我老子身上带了东西就盯着我老子咬，我老子不骂他骂谁啊？我不计较你带路，我们是朋友，是不是？"

正格不知道说什么好，点了点头。说实在话，他还担着心思，怕祁武找他算账呢。祁武这种状态是有原因的，他想正格给他偷考的方便，趁老师不注意传个纸条，或者坐他前面的正格将填写好的卷子举起来给他瞅两眼。祁武说他不想再考不及格了，很丑。

担心是多余的，下午考试的时候老师宣布两门课全部开卷考试。

考完试祁武很快活，约正格到学校后面的桑园去玩，要露一手给正格看看，他说他能够在小便的时候让身体快活地哆嗦起来。

正格不想去桑园，小便时搞个什么名堂，为什么不能在学校厕所里搞呢？

祁武又说到丢丑，被人看到就丢丑了。

正格不想去看，觉得偷偷摸摸的事情总归不是好事情。他现在觉得有的事情是完全可以光明正大地去做的，譬如下河游泳，譬如想吃什么喝什么……就像爸爸说的：既然做了就不要怕被人知道，就要面对结果和承担责任。

正格决定去河塘上，去游泳。他想见到欣鹏，知道欣鹏一定会在那里。

他是一溜烟儿小跑往大运河那边去的，到粱逸湾的河堤上，他碰到了似乎是等在那里的老王。

正格见到老王站在那里还是紧张的，老王对正格说："你不要往回跑，我不是来抓你的，也不会打你，你带我去见欣鹏。我有话要对他说，他躲了我四年，我不能再让他在外面混了，我要他回家来。"

正格将信将疑地听老王说着，直到他过来揪着他的胳膊往下河堤的那个豁口走。

老王说："你怕不怕我打你？"

正格说："我不怕，过去怕，现在不怕了。"

老王说："噢，知道我为什么打你吗？因为你做错了事情，要让你知道做错事要吃苦头，要让你长记性以后不犯……”

正格问：“那你现在怎么说不打我了，我错误不是还在犯？”

老王松了抓着他胳膊的手说：“因为你长大了！”

正格说：“我就不会去打比我小的人，现在不会，将来也不会。”

老王悻悻地说：“老子还不是担心你长不大，长不好，长没了……”

正格看到老王说这话的时候神情黯淡下来，甚至有着悲戚和无奈而生成的轻微愤慨。

他转过脸，面向堤坡上的时候，看到了欣鹏。欣鹏看着他们这边，眼镜玻璃片的光一闪一闪的。

正格带着老王走了过去，到欣鹏面前介绍：“这是我爸爸！”

老王说：“欣鹏，我们握一下手！”

欣鹏面对伸过来的手有点不知所措，他扶了一下眼镜才双手迎上去握住。正格看到欣鹏的头还是垂着的，不敢抬起来面对老王。他有点着急地说：“你不要怕我爸爸，他只会说狠话，他没有弄死赛猫，他说我哥哥的事情不怪你了……”

见欣鹏不怎么相信的样子，正格接着说：“真的，你不相信我证明给你看。我下去游了，当我爸爸的面……”

正格蹬掉脚上的凉鞋，三下五除二地脱了衣服，一个鱼跃就蹿入河里。

他一个猛子潜游得很远，浮上水面时撸了一把脸上的水回头看岸上，见父亲和欣鹏在笑眯眯地看着他。

他来劲了，猛转过身，掀起很大的水花，向河对岸游去。

他有点不好意思，一激动转身过来的时候情不自禁地划了两下狗刨，不过他自信接下来留给岸上的背影，他的泳姿一定是非常标准的，越发轻松娴熟的蛙泳。

天很蓝，他想起了哥哥笔记里的文字：“这是一个很享受的过程，沉浮之间耳鼓里听到心跳：怦、怦、怦……声音特别强大和有节奏。扑腾一阵子后，翻过身来仰泳，脸上的水滚漾开去，亮晃晃的天空变得湛蓝，或者有一团像自己身体一样轻飘飘地摇摆的云朵……”

一切很优美。

沐 浴

程放站在三星池浴室门前，洗澡出来的人脸红通通的，他能感到这些人身上发出的暖烘烘的热气。湿冷在自己身上更明显，嗖嗖地透过衣服往骨头缝里钻。

屠洋拎着包急匆匆地过来，头顶上散着热气，脖子里系的围巾跑散了，他迎面对程放说了一句“又胖了！”程放打量他一下笑了笑说：“大哥不要说二哥。”屠洋指指浴室问：“真要到这里洗澡？”程放点点头，在屠洋肥实的后背上拍了拍：“冷死了！”说完走到他前面急着往浴室里走。身后的屠洋嘟囔：“洗老澡堂子……怀旧吧？”

进浴室门里有一张朝外的服务台，胖乎乎长相白净的中年女子卖澡筹子，她面无表情地接过钞票找零。七元一位，发一根竹片做的澡筹和一小袋洗发液，拿上这些后屠洋转身指了指门帘说：“男左女右。”然后问程放什么时候从北京回来的。

程放对这个二十多年没进过的浴室还有印象，里面没有太大变化，只是分了普室和雅室。他站了下来，闻到浓烈的体味和洗发水、香皂气息在一起蒸腾混合出的味道，就像热水倒进下水道那一瞬间所挥发的。

屠洋的感觉和程放差不多同步，说老澡堂子这种让人捂鼻子的味道居然有人喜欢，说是熟水的味道，跟喜欢臭豆腐似的。他问程放，要不去不远的一家桑拿。程放也有些犹豫，不过还是下了决心：“都来了，就这里吧！”又回答屠洋先前的问题，他是上午回来的。

雅室也就是两排一张挨一张的陈旧躺椅，两张躺椅之间隔着一个共用的小茶几。衣服脱在躺椅上面，身子可以将就着在上面躺下。屠洋四下里张头探脑找储物柜，服务员拿着根长长的叉篙跑到面前来，说值钱的衣服和包可以挂起来，再贵重的必须存柜。屠洋便将手机钱包手表什么的全装进他的公文包里，程放见状也跟着投进去贵重的东西。服务员的叉篙伸过来时，屠洋手挡了一下，“稍缓……”他打开包，从里面拿出一块舒肤佳香皂，然后一挥手。包被叉篙举起来，晃晃悠悠地挂到躺椅上方，众目睽睽。

服务员很热情，浴客不时地跳给他们一根打赏的烟，说跳是传过去或者隔空投给他们。他们并不点上，说声谢谢，将烟放进台子属于自己的空当，或者干脆夹在耳朵上。

小浴室讲究气圆水熟，分头道池和二道池，头道池是淋浴和搓背的地方，二道池有一扇厚重的木头门，拉一下进去，扑面而来一股热气，身子一下子被包裹，程放的肩膀耸了一下，身子伛偻下来。屠洋动作很快，跨过池面台阶，一下子坐到浴池里，池子不大，两张半乒乓球桌大，水“哗”的一声满溢了一些出来。程放坐在池子的台面上，腿的膝盖以下在水里。他盯着水里的屠洋，小时候和他一起来洗澡就这样，怕被他按进水里闷，那样鼻子会呛得酸溜溜的。在特定的环境里，人的习惯动作是受记忆指使的。

对面坐着一个慢吞吞用毛巾往身上撩水的老人，花差不多一分钟才能够把毛巾从水里捞出来举到肩膀上。程放将身子往屠洋那边移了移，避免视线对着老人。他问屠洋父亲身体是不是还那么好，是不是还能够做很多个俯卧撑。一晃十多年都没见过他。

屠洋没好气地说：“老父亲身体好，好得很！”一会儿转过头来，皮笑肉不笑地问：“你明知故问吧？老头子那件事你不知道？”

“哪一件事？”程放一头雾水，屠洋不吭气。进来一个浴客，木门“嘭”的一声闷响。

对程放无意中问的问题，屠洋觉得有必要解释一下：“我就一定做得不对头？这……要看你有没有人性化的那种思想。老头子也是人，身体好，也有需要……”

程放不明白，屠洋情绪怎么突然激动起来，他把毛巾在水里捞来捞去，掩盖着自己的尴尬。屠洋一会儿和颜悦色地问程放要不要搓背，程放摇摇头。

之前，搓背是程放想做的一个项目，看到现在搓背的样子就断了念头。过去搓背是用一盆水猛冲一下高脚板凳，人坐上去后将手上的毛巾交给搓背师傅，师傅拧干了毛巾绞在手上，尽可能响亮地拍一下，表示自己的气力，也表示搓背开始了。现在是一张蒙人造革的木头台子，人躺上去像一只要被刮毛的猪，搓背师傅用套在手上的化纤搓澡布搓，搓过的身子上一道道红杠。

屠洋说：“你要是约我去洗桑拿，我会给你安排一整套。我们这里好多家都有花头。”程放懂他的意思，笑了笑说，没那种兴趣。

屠洋看到程放身上的汗涌了出来，他不时地要用毛巾擦一下，汗出得很多，毛巾擦了好多下。

程放擦了擦香皂，到头道池等到一个莲蓬头，潦草地冲淋一下，好几个人等在他面前。屠洋好像都没有冲淋就上去。进到雅室，服务员用两条热乎乎的毛巾，一条擦他的后背，一条递给他擦脸。毛巾一股池子里的熟水味道，现在闻起来倒也不那么难闻。

回到座位上，晾了一会儿，又擦了两条毛巾，程放穿上背心，这时候他本可以像身边的浴客那样在躺椅上仰下来伸展一下身子，但他没有，就觉得身子会被椅子上的毛巾弄脏，又要下去洗一回。

屠洋的肚子发出一连串咕噜咕噜的声响，他说饿了，可以着服务员到对面店里叫两碗大饺子端过来。程放摇摇头，小时候有这种记忆，现在，让他在一堆赤身露体的人面前吃东西，真的做不出来。

很快，他们穿好衣服出了浴室，到对面的小吃店坐下，异口同声地说了声：“两碗大饺子！”大饺子其实是馄饨，鲜肉加笋丁，很鲜美，程放每次回来不尝一下不甘心，在北京哪里吃得到，三块半一碗的价格简直不可思议。

好吃的大饺子堵不住屠洋的嘴，他问程放这次回来是今年的第七次还是第八次。程放没有统计过，随口说是第八次。他这两年出差很多，给自己要求，只要到离家五百公里的地方一定要争取回来。现在到高沙也比前几年要方便得多，从北京坐一夜的车到扬州，或者坐四个多小时的高铁到镇江，再转一趟车就行了。

“父亲岁数大了，又不肯和我们一起生活，回来看他，看一次是一次。”

“也是，活一百岁也还只有几十次见面，有一次少一次……”

屠洋说这句话程放没在意，他看到一位年轻的父亲带着六七岁的儿子在吃大饺子，男孩将喂到嘴里的大饺子吐了出来。小时候出来洗澡他会巴望父亲多带一毛钱，那样就有大饺子吃。父亲都是用调羹挑一个放嘴边上吹半天，所以他从没烫得吐出来过，只恨不能将调羹夺到自己的手上。到八九岁的时候，父亲买一碗大饺子分成两碗，父亲吃得很快，吃完等他，他则细嚼慢咽，反正碗里都是他的。他现在也有和儿子一起在外面吃东西的时候，每次都是一人一份，哪怕明知道他吃不下会剩也不敢和孩子分食，怕孩子觉得寒酸，怕孩子心里有阴影。他当年怨过父亲，想自己长大了有钱就买好多大饺子吃，都放在面前，吃完一碗又一碗。到真正长大，他理解了父亲，家里那时候的经济条件不允许这个吃法，不是他们一家，家家都这样。

吃完大饺子，屠洋问程放晚上有什么安排，程放说本来有安排，现在突然改变主意，想回去陪老爷子吃饭。屠洋笑了笑：“你一回来，嘴忙！陪老爷子其实是第一位的，有所改变。”

老浴室离家很近，告别了屠洋，他决定走回去，路上忽然又有那种很冷的感觉，想重温的，从澡堂子里出来的舒适一点儿也没有了。自打他当年单独到浴室里去洗澡，这种感觉就消失了。早上在扬州下火车，坐在冰冷的长途大巴上时，他把曾经的那种浴室里出来暖洋洋的感觉想了又想。

在路边的熏烧摊上剁了半边盐水老鹅，等在那里时他给同学赵立本打了电话，说家里有很重要的事不能参加聚会，也向人家道歉。赵立本说饭局可以迟一点开，约的一帮同学已经在饭店打牌，大家都说等他，不见不散。程放只得央求，真的不要等，一定去不成了。他也不知道为什么，从澡堂子出来就坚决不想晚上出去吃饭。

回到家一开门，父亲立马从堂屋里跑出来，说一听到声响就知道大少爷回来啦。家里的习惯，父亲叫他大少爷，母亲在世的时候也这么称呼。而他早些年称父亲老头子。老头子也好，大少爷也好，都只在家里叫，是一种比名字比称呼更亲切的叫法。这个小县城里许多人家都这样。

父亲看到程放手上透明的食品袋有些不满：“家里菜多的是，不用花钱在外面买，钱糟蹋掉了。”程放说：“就买了一点点，你平时又舍不得买。”父亲还不停止抱怨，说外面东西贵，也不如家里卫生……

堂屋两扇顶檐口的门大敞四开，父亲待在屋里和出门穿得一样多，戴着棉帽，臃肿的羽绒服拉链拉到头，连围巾都系在脖子上。上午一进门，程放见到父亲很吃惊，父亲比三个月前回来时见到的模样又老了些，胡子更灰，脸更黑，精气神也减了很多。

“我还是想把家里重新装修一下，起码得让冬天的家里保暖，夏天的空调不走气。”程放忍不住又要提这件事。因为家里冷，他订了宾馆，晚上不想在家里住。

“你们都变讲究啦，我哪一年不是这样？都好好地过来了。不要弄，要弄等我死了，这房子到你手上随你怎么弄，那时候我反正也看不见。”

见儿子的脸色不对，父亲的口气软下来：“我习惯了。你把家里搞得太暖和我会不想动弹，坐半天不动不是好事，说不定哪一天坐着坐着就……头一歪。”

这些话，程放听了很不好受，父亲说起来竟然风轻云淡。

“冷点不怕，运动才健康。”父亲说着拿过一只茶杯用暖壶里的开水烫了又烫，他自己喝茶没这个动作，只有替客人倒茶时才会这样。程放将暖壶要到手上来，想自己动手，父亲抓了一大把茶叶放杯子里，嘴里念叨：“你喜欢多放一些，我喝的叶子不到你的三分之一……”

手上有一杯热茶，用热气蒸了一下脸，身子有温暖的感觉。程放端着茶杯在屋子里踱步。在北京的家里，一进门就可以脱去累赘的冬衣，舒舒服服地在沙发上或倚或坐或躺。而在这里，他的老家里，他坐下来便感到更冷。

父亲估计程放不出去吃饭了，说不出去吃饭好！吃人家的就欠人家，口水债也是债，“人家到北京，你能不回请人家？北京吃一桌饭贵死了，抵高沙好几桌”。

程放不说什么，以往他会感到父亲的这种唠叨难以忍受，会为自己找两句理由。看见父亲开始忙活晚饭，程放说有什么吃什么，父亲说有准备，在家吃几天都不会有重样的。他从冰箱里一样样往外搬菜，程放要动手，他用手推了推。

看着父亲做菜，程放总觉得有什么地方不对劲，父亲把菜下锅，不停地用铲子翻，看起来在动作上和体力支配上都有点力不从心，三五年前他在厨房里从容得很，铲子一下下很给力。

做了七八样菜，每样量都很小，父亲说他有时候一天就买五毛钱的菜，一两个西红柿或者洋葱，荤菜做一些在冰箱里，像狮子头做一锅速冻，一天挖一个出来烩点蔬菜下饭。

“一个人吃饭简单，有时候还不想吃，只是到夜里肚子会饿……”父亲说。

程放沉默了一下，说自己不把早餐当回事。

父亲说：“都不好，对身体不好！”

父亲要找一瓶酒出来喝，酒放在一个柜子里，他把它们都翻出来，有十多瓶，都是名酒，是程放这些年送给他的。他说：“家里一些事情慢慢都要对你交代，什么东西在什么地方你要知道。”

居然有两瓶二十多年前的茅台，程放说这种年份的值六千多一瓶。父亲说：“不管值多少钱，等孙子结婚，你拿出来和你亲家喝。”程放说早着呢，谈对象都等孩子读研后有工作再说。父亲说就怕不能等到那个时候。不能找一个就结婚，要处一段时间才能够，彼此要了解。

饭桌上父亲吃得很慢，不时地停下来看儿子的表情，似乎是要一个是不是好吃的答复。程放说：“菜太甜，糖放得不少。”

他其实知道这么说父亲会不高兴，小时候这么说父亲会拉下脸骂：“爱吃不吃，不吃滚。”现在，父亲只是笑笑，一点不满的表情都没有。

就吃这么一顿饭，父亲辛辛苦苦做出来巴结他，为什么要这么说呢？他也说不清楚自己是什么心态，太太每次回来都背地里抱怨公公的菜糖放得太多，她不让程放说，怕老人不高兴。说到底程放还是觉得母亲饭做得最好，最投口。母亲为家里做了一辈子的饭，她在世的时候父亲什么家务活也不干，病重的时候让父亲学着做饭，是怕他以后没吃的。和父亲一起吃饭的时候总是想起母亲，不知道什么时候能不这样。

手机振动了好几次，程放看看都是约晚上一起吃饭的同学打的，看到德钦的未接来电最多，他回了过去。德钦也在饭局里面，他说他已经撤了，问程放想不想出来聊聊，找一个能够舒服聊天的地方，最好去洗澡，洗桑拿。程放想了想，这么冷的晚上出去还真的数洗桑拿是最好的选择，于是由德钦定了地点。父亲听程放说要出去，只以为他是要去赶酒场子，关照他少喝点。程放不好说他又去洗澡。

德钦已经在巷口等着，开来一辆新的迈腾，程放钻进车里说：“生意又做大啦?！”德钦回他：“够吃够用。”他问程放怎么找理由将答应的饭局推了，不相信他真的有重要的事。程放实话实说，在家陪老父亲吃饭的。

洗桑拿的时候，程放说他现在回来的次数不少，这回好像目的最具体，看到德钦在微信朋友圈写老澡堂子的文章，回家的念头一下子就冒了出来。

“下午想到一个问题，我每次回来究竟是干什么的？每次吃吃喝喝，连大过年的也只是除夕夜在家里吃一顿，还说是回来陪老头子的。”

德钦说：“你这是回家，父母在，你回的高沙是家乡，哪一天父母都不在了，你还想回来吗？回来的也只是你的故乡。家乡与故乡的区别就在这里。父母在，家是个大家，二老哪怕去了一位，大家就不存在了，儿女各自的小家和孩子们变成大家，家就是这么一茬一茬的。你心里大概还是原来的那个大家，我父母都去世了，我现在要是在外地工作就怕都不想回来。”

德钦说的让程放陷入沉思，他知道自己，现在回来已经不像以往，不像母亲在世的时候。因为父亲，他要尽做子女的责任，哪一天要是父亲不在了，姐弟们随他们在外地工作的孩子离开高沙，老宅子拆迁了，街坊邻居们散了，他回到这里会是一个什么样的情景？对新建街道和建筑感到陌生和茫然是免不了的。他需要靠手机导航才能找到原来家所在的地点，到时候住在酒店里，饭点的时候自己出去吃一顿，或者被还保持联系的亲朋好友当宾客请到馆子里……他不敢再往下想。

德钦抱怨街上的人比十多年前多太多，都是生面孔，都是乡下进城的。他和朋友们经常在一起吃饭，也就是有那种在陌生环境里找亲和、找过去、找熟悉、找温暖的意思。德钦听说程放下午已经和屠洋一起在老澡堂子洗过一把澡，也就把屠洋带父亲去洗桑拿的事说了一下，难怪下午屠洋对于程放提到这件事有点感冒，原来有名堂。

程放倒没有觉得屠洋做得过分，屠洋父亲起码还能够接受儿子对他的好，而他郁闷的是父亲一直强势，对他说一不二。程放想对父亲做的，譬如让他到北京一道生活，安排他出去旅游，家里添置什么东西，父亲都只两个字，不行！不要！弄来弄去的，程放都不知道怎么对他好才是。

聊到十点多钟程放提出回家，德钦还聊得意犹未尽。路上程放要德钦将车开快点，好趁着暖身子钻冰冷的被窝，德钦说他矫情，房间里放三个电暖器，看还冷不冷，湿不湿？到家门口时，程放才想起来他是在宾馆开了房的，不想回头再去。

进到院子，见父亲房间里的灯亮着，电视机的声音放得很大，窗户里看到父亲已经睡着了，他不想进去关电视机，这一来他就醒了，然后会拉着他说话，或许又是那些少喝酒少吃人家饭的唠唠叨叨。他有一句不在理却经常挂在嘴边上的话——不花钱的东西吃了不长肉！

卧室里居然放着暖水瓶、茶杯和一只茶叶罐，父亲像是知道他会回来住。

上床前他鼓足勇气，事先也计划了一下，像小时候那样，先脱了裤子坐到被窝里，待有些热气再脱上衣钻进去。可待他提起被头，却感到被子里热乎乎的，手伸进去摸到一只灌满热水的军用水壶。

躺到床上，用被子裹紧自己，便只有脸感到冷，小时候头埋在被窝里的情况不会有了，那是不卫生的习惯。熄了灯，他有一阵子睡不着，在影影绰绰的夜色里忽然感到这个房间很陌生。

好多年没有过的这种情况，他和父亲躺在各自的房间里睡觉，在这个老家里，曾经有过母亲、姐姐和弟弟。母亲去世了，姐弟们都有了自己的家庭成员，住在自己的家里，而只有他，他的那个小家不在这里，在远远的地方，所以才有机会和父亲住一起，有这么一个夜晚。过去回来，要是住在家里，因为和妻儿在一起，他不会在意这一切。在他的感受里，这个家里有过家人们在一起时的热闹、吵闹，以及家当碰撞的叮叮当当，却没有过现在这样的寂静，在嘈杂的电视伴音里它显得那么清冷。

他开始注意父亲房间里电视机发出的声音，努力地辨别这是一档什么节目。可怎么也听不清，只有广告的声音是清晰的。后来，他希望有父亲调台或者关电视机的动静。那样他就穿衣服过去，听他啰唆几句。这时候他想和父亲说说话啦。

电视的声音竟然有催眠作用，他昏沉沉地睡着，在后半夜被冻醒。脸上都有点麻木，身上的被子越发地沉重，让他不自在。隔壁的电视机声音没有了，也不知父亲是什么时候关掉的。

早晨醒来是被父亲弄出的动静吵的，自来水池子靠着窗户，父亲买回来菜，收拾时一样样地数说："肉呱呱叫，前肋条，有肥有瘦，斩斩肉。冰箱里还有蟹黄。鱼买得巧，湖里野生的，现在人识货，价都不还，跟不要钱一样地抢。这个小青子，开锅就烂，吃嘴里甜呢，北京那些大棚里的青菜，吃不出个味道……"

程放本来想把头往被窝里缩缩再睡一会儿，听父亲一顿叽咕不想睡了，思量买这么多菜回来是要他在家里吃饭的节奏。接下来在家里吃饭倒也不是不可以，找个借口回掉中午约的朋友就行，只是嘴里甜腻的味道又出来了，想怎么和父亲说一下让他少放糖。

父亲推开房门，带着一身冷气进来，说他特地买了水面，家里有荤油、虾子、黑胡椒粉和青蒜叶子，做出来的阳春面比街上店里的好吃。程放说不在家里吃，一起去饭店吃包子，皮包水。父亲问："为什么不早说？早知道就不买水面回来。"程放说："早说出来就怕天不亮就没有觉睡。"每次和父亲说了吃包子，他会在六点钟还不到就不让人再睡。吃过苦头的妻子每次回家总要交代，千万不要一大早苦兮兮地起床去吃包子，儿子也举双手赞成，说要是受这个苦还不如不回老家。

吃包子去那么早干什么，父亲说岁数大了，怕嘈杂，赶人少的时候清净，不慌不忙地喝茶吃包子才惬意。程放每次回家是必须要吃一顿包子的，高沙在扬州边上，在他看来高沙的包子比扬州大饭店的还要好吃。

父亲马上去准备茶叶和酱生姜，催程放赶紧起床。程放大声喊，要父亲将房门和堂屋的门都关上。这两道门都大敞四开，让他像睡在室外。与父亲说话不得不大声，他耳朵背，声音小听不见。房门关上后，程放又磨蹭了一会儿，他要待到室内温度回升。在父亲的再次催促下，他给自己喊“一、二、三”的口号，一个挺身，以最快的速度把衣服穿好。就这样，他到堂屋里时，冷得脖子缩了一下，身上的衣服和身体隔着一层冷空气。

家里的卫生间小，洗漱在天井里的自来水池子，父亲给他放了三只暖水瓶，站在边上看着他，是等着看他有什么需要。而在程放看来是变相的催促。

他问父亲昨天晚上为什么在房间里放了暖水瓶和茶杯，是知道他一定不会在宾馆里住还是什么。

“我怕你酒喝多了，找不到宾馆，家总是能够找回来的。”父亲搓着手，带点调侃地笑。

程放手泡进脸盆里，温水里的毛巾还是冷的，他又倒了些热水进去。他忽然想父亲在这种天气里做饭时洗菜会不会用冷水，要是那样的话很难受。问到他，他说用太阳能热水器里的水洗菜，个把月以前他还在家洗澡，一点也不冷。

在家洗澡？程放吓一跳，这怎么行呢！就即使两个月前也是秋天气温，卫生间那么小，屁股转一下都不容易，洗热水器的淋浴真是难以想象。

“天冷在家里洗澡是不能玩的，要是冻出病来，你几年省下的钱都得贴进去，不划算吧？”父亲听程放这么说笑笑，点点头说是要注意。程放以经济账说服了他。

到饭店吃包子的时候，父亲突然一句：“中午的饭你来做，随你做成什么样子。”程放愣了一下，说也行。他发了个短信将中午的饭局推掉，然后关了手机。父亲吃得很少，说“一壶三点”是雅士的讲究，多也不好，少也不好，可对于一个老人来说，嘴大喉咙小，三只大包子怎么能够吃得下？年轻时候一顿吃过两笼，十二只包子，那时候生活条件不好，想吃的时候能吃的时候吃不到，现在有得吃却不能吃了。

吃完包子回到家已晌午，程放到厨房做饭，父亲一直在边上啰啰唆唆地说一件事，他菜做得还是很好的，得到的是程放母亲的真传：“你说我做的菜甜到不能进嘴，你妈妈也这么做，你怎么吃了都夸好，我这么做就不行呢？你是还想你妈妈做饭给你吃，怎么可能呢？”

程放做菜时投作料也被父亲挡了两回，他不让程放搁太多的辣椒，说辣椒不补，两头受苦。对每个菜里都放花椒也有意见，说等同他往每个菜里放糖。

吃饭的时候程放心不在焉，想自己一而再地推掉人家约好的饭局是不是妥当，那帮微信朋友圈里会聚的各路好友会不会对他有意见。德钦说，现在大家伙的聚会就是找一个由头，借吃饭找聚会的欢乐，如他所说的不去是对的，应该多回家和父亲在一起。他就又想到自己的过往，连春节回家最多也就在家吃上一两顿。交际需要是一方面，可母亲在世的时候他不这样。再说，回到老家不去饭店，不把他喜欢的高沙菜吃个尽兴，回北京难受，最怕有人在朋友圈发高沙的美食图片，那是勾魂的钩子。

吃完饭，父亲没有给程放泡茶，洗碗也没有和他争，只是要他把太阳能热水器里的水使劲用。

大门被父亲打开来，走来走去的邻居都向里面打招呼，他们对父亲的称呼变了，不像过去那样叫老程、程大大、程爷子，统一成了程爹爹。巷子里的人喜欢依着这家最小辈的口吻称呼长辈。

程放对每位熟悉和不熟悉的邻居笑，努力地表现热忱，努力地表达恭敬。他想感激邻居们平时对父亲的照顾，但不知道怎么回事，他就是开不了口，听由父亲向邻居们介绍他回来的情况。父亲说儿子这次是想家特地回来，不是出差。早上带他去红灯笼饭店吃了包子，中午要带他去饭店，他没有答应。“儿子下厨做了一桌子菜，连碗也不要我洗，享福啦！”

待邻居们走开去，程放问父亲是不是想去饭店吃饭才这么说，父亲手直摇：“是顺嘴说说，夸张了一点，到饭店吃什么饭，送钱给人家赚不至于，现在公款都不兴吃喝。”

洗碗时程放腾出手来接了一次妻子的电话，她不相信他几顿饭都是在家里吃的，他干脆说这次回来就不出去吃了。

父亲尽管耳朵背，好像也听明白了，笑眯眯地问程放下午有什么安排，要去什么地方。程放说什么地方也不去，父亲便要和程放一起去洗桑拿。

父亲解释：“天太冷，洗把澡暖和。这样的天气，下午都想钻被窝。”

洗桑拿，父亲也洗桑拿？！居然点了要去的桑拿店的名字——夏威夷。这太让程放感到意外。夏威夷一定是一个简称，全称无外乎是夏威夷休闲中心或者夏威夷洗浴中心什么的。

去吧，去就去。可在去的路上程放想法多了，他想父亲是经常去，还是偶尔去一次。他洗桑拿会点什么样的服务。屠洋带他父亲去洗桑拿成为小县城传播的丑闻，昨天晚上德钦讲到这件事好几次叹气。程放心里七上八下的。

夏威夷休闲中心原来就在老街上，程放每次回家路过居然没在意。父亲到了夏威夷门前，让程放走到自己前面去。

进去后服务员引他们上二楼，父亲很奇怪：“浴室居然能够在楼上，一大池子热水在头顶上啊……”他直咂嘴。程放问：“你难道没有来过？”父亲说没有。他还真像是没来过，在吧台要掏钱买澡筹子，服务员说出来结账，他有点不放心地将吧台上的价目表看了又看。服务员问他要不要擦皮鞋，他反问人家要不要钱。程放尴尬地冲服务员笑了笑。

到了就浴的地方，父亲见没有让他躺下来的椅子，衣服还要站着脱了放在橱衣柜里，他有些气恼：“二十块钱的澡资居然是来找罪受，上当只一回。”程放告诉他，有标志，洗完了有休息的包厢，也有各种服务。父亲的头直摇。

这个浴室档次并不高，只有气蒸房，没有桑拿房。程放不敢对父亲说出这一点，那样的话他一定更是不高兴。

父亲到浴池里站在那里，看起来是不知道怎么洗，程放带着他先淋浴然后去气蒸。父亲在气蒸房里一出汗就跑出去泡到大池子里面，又是抱怨，嫌大池子里的水不热。

父子赤身裸体相见，能够记起的是三十多年前，那时候父亲的年龄和程放差不多，当工人的他体格健壮，浑身都是肌肉。现在身上的肉松弛了，原来的胸大肌垂下来，像是多出来的一块赘肉。父亲瞄儿子一眼说：“你也胖了，要锻炼。北京的空气不好，不要在外面跑步，在家里也是可以跑的。”程放告诉父亲家里有跑步机，他有时候还去游泳。

父亲和程放聊开来，他说人退休以后要有十年好日子和十年清净的日子，人生才算幸福，否则就是白苦一辈子。说好日子，就是看着儿孙们健康成长，好好学习，天天向上；儿女们事业有成，家庭和谐。说清净日子，就是不用再到学校门前去接孙儿孙女，不要再怕儿子和儿媳、女婿和女儿两口子吵架、家庭散了，能够无忧无虑地颐养天年。他说跟人家比他还是很幸福的，很满足。程放笑了笑，他对父亲有这种想法感到很欣慰。

接下来，父亲突然对程放说：“人都要死！”

程放不知道怎么搭他的腔，说这么一句话干什么？母亲七年前去世的时候父亲也说过让子女们受不了的话，他说下面轮到他死了！

父亲看到程放的脸色变了，解释说：“我说这话是知天命！知天命是什么？就是哪一天老天要你死，你要心顺口服，不要怨天尤人。”又说：

“人活到五十岁就应该满足了，我都七十多了。现在过每一天都是赚的。除了不放心你们……”

“嘿嘿……你有的过呢，身体这么好。”程放大概也只能说这样顺嘴的话。父亲说，身体好是假的，工友李月祖那么好的身体，看电视时一声笑就没气了。他接着列举了好几个例子，看他这个话题喋喋不休，程放问他要不要搓背。父亲说钱不要给别人赚，要搓由程放来，说着把手上的毛巾递给了他。

程放将毛巾拧干，学搓背师傅那样缠在手上，拍了拍。

搓背是个力气活，还没有搓遍父亲全身，才那么几下程放就大汗淋漓气喘吁吁，只得歇了歇再来。父亲不让程放替他往身上打肥皂，说哪一天他胳膊抬不起来，连肥皂都不能自己打的时候，那就真是老了、不中用了。

“那时候，我就住到敬老院去。”父亲像是下决心说出他早想好的计划。

程放说:“怎么可能呢，不会让你住到那里去的，不会不管你的。”他说这话是心虚的，果真有这么一天他也不知道该怎么办。

“你们不能因为我就不工作，不过正常的日子。我住敬老院也不是什么坏事，已经去看过了，条件还不错，说话的人也多，不像家里冷清。就是卫生条件差一点，做饭做菜的，吃的东西经别人手我不放心，你妈妈知道的，你也知道。”

程放无奈地“嗯”了一声，他把话岔开去，告诉父亲他参加工作第一次拿工资，就是到浴室来洗把澡，还专门让师傅搓了背。父亲说，浪费钱，造纸厂有大锅炉，有很好的浴室。程放说，也就是那么一次，以后就都在造纸厂的浴室里洗的，他在厂里洗澡最怕人家问他小小年纪怎么不上学就来上班了，他不知道怎么回答。

父亲笑了笑，没有说什么，程放很失望，多少年来他似乎都想父亲对他说一句，不让他上学，让他那么早出来工作是错的。

洗完澡程放说到三楼去休息一下，可以做个足疗或者按摩。父亲说：“算了，不花那个钱，不做那个事。”

程放盯着父亲的表情，看他是认真的，心放了下来。他说：“去吧，我们做正规的保健，也让你感受一下，你不是说没有洗过桑拿吗，难得有这么一次，也不要舍不得钱了，也没有多少钱。刚才在下面我也看了价目表。”

父亲说：“不能玩，洗完了就回家。这种享受会让人上瘾。”程放问：“怎么可能上瘾？”父亲说：“你那个同学屠洋，带父亲洗桑拿，让他上瘾的事情我是知道的。很多人知道，多丑啊……”

程放要替屠洋解释，德钦说屠洋跟他道过想法——“要是哪一天老爷子死了，我看到莲雾，看到北极贝，或者牛排这些他都没有吃过的东西，我会不会为他感到不值，会不会心里难受……所以……”

“不能乱来的，哪怕过不到明天也不能那样。”父亲说。

程放说：“那就洗一个枯澡？！”父亲说：“就行了，好得很！”

洗枯澡就是连搓背、捶腿这样的池子里的服务都没有。洗完澡到楼下吧台结账时，父亲眼睛眨都不眨地盯着儿子钱包，想知道洗这次桑拿究竟花了多少钱。

出门后父亲抱怨，又像是表白自己：“我以后才不到桑拿来洗澡，洗一次花的钱可以在老澡堂子洗几把。”

回家的路上父子俩走得很慢。这一场澡洗完了让程放有些罪恶感，知道自己心里面原来对父亲是不放心的，自己并不真正了解父亲，很多年里自己在心里面拒绝接近父亲，不愿意去深想他。在社会上他绝对不是这样，对于打交道的、共事的人，都要尽可能地去了解。对爱人，他甚至想走进她的内心。唯独父亲，像是一堵高墙立在他面前，他不敢碰，也没有能力攀爬过这堵墙。

父亲说："人要知道什么事情能够做，什么事情不能做。有事情做得不对的要知道，也要认错。我在你小时候就有一件事做得不对，一直想跟你说，又开不了口，这一想就是很多年了。我现在想把对你的话都赶紧说出来，为什么这样呢？这两年你回来得越来越多了，我知道原因，不知道就木头了。"

父亲说程放十二三岁那年辛辛苦苦地洗了一只矮缸，要在里面养花。他不喜欢男孩子弄花弄草的，摔了那只矮缸还骂了程放一顿："那天你的表情让我知道你恨我，会因为这件事恨我一辈子。"

程放哈哈一笑，笑是装的，想轻松一些。他说父亲说到的这件事自己真的一点印象也没有，要记恨父亲的倒是小学毕业以后不让他上学，这是荒唐的、影响他一辈子的事情。"不过，我连这个也没有在意，恨什么呢？路可以自己重新走。"

他其实没有说真话，这些年最记恨父亲的就是这件事，很多时候他会想，自己要不是辍学，哪怕读到初中，一定也不会是今天这种情况；要是读到高中或者大学，自己不知道会走多远呢。曾经，他看到比自己优秀的同龄人，或者遇到能力给自己带来挫折，他都会有怨甚至恨。

父亲几乎是接着他的话说："不让你上学这件事，我是为你好。从来都没有想到你会恨我，我做得不错，那时候有政策，小学毕业生不下放，再说那年头我们单位的大学生拖板车拉炭屎，社会上受尊重的是我这样的人，有手艺的。所以我希望你早点学好手艺……而不是去读无用的书还要下放到农村去。再说，你那些读中学上大学的同学现在还不如你呢，他们哪一个有你职称高、职务高，你工作以后自学也没有耽搁什么……"

父亲原来一直以为他做的是对的。要是一定对他强调是错的，除了让他知道儿子的怨怼，让他在以后的日子里不高兴，还会带来什么呢？记住父亲的目的吧，他是为我好，为我好！

程放把话岔开去："小时候的冬天很冷，但每次您带我洗澡我都高兴得不行。湿漉漉的冬天，洗澡能够让我浑身干爽暖和。这些年冬天，在北方总是回味这种感觉。”

父亲猛然站下来：“现在是你带我去洗澡，替我来搓背，整个倒过来了，这就是岁月……巴望你们长大的时候，我们却不情愿地老啦。老啦也还担心你们，怕你有钱了去做不好的事情，你要是今天一定要在桑拿里，那个……我就到死也不放心了。”

程放笑了起来，哈哈大笑……身体开始暖融融的。

2018 年 6 月 2 日

移风易俗

移　风

1

两个中年人在谈对象，确定关系是在他们经人介绍认识后不久，而真正相爱和想结婚却是在两年以后，他们发现彼此身上动人的地方。

她是那种认定了有爱才能结婚的人，所以在两个人这两年的相处之中会不时地问他，我们是不是在谈恋爱？在得到他肯定的回答后她是相信的，但会感慨在他俩这个年龄说爱这个字都不自然了。也确实是的，他们到一起时总是先谈工作，谈各自的子女，谈家里老人身体的健康情况。话说得投机了，感情才热起来，身体的交流才会自然和舒适。他有天晚上见到她，说整天都在想她，她脸一红，说听到这样的话不知道为什么全身汗毛都竖了起来，接着她问他上班的时候是不是心不在焉了。觉察她存疑，他便想以后不再做这种贸然的表白，有一种老态的想法，你不是小年轻了。

他们都有过爱，有过婚姻和家庭，因人因祸他们失去了。她在离婚以后发誓一定要再婚，找一个比前夫好N倍的男人。她预设的条件是，找一位丧偶的，坚决不要离婚的。他的条件完全符合她的要求，可他们相处的时候，她却一直不敢相信他们会有爱，会有那种真正想结婚的感觉。

2

朱蕴在与荀西宁相处以后非常想了解他以前的感情生活，但又怕伤害到他。荀西宁说过很爱前妻，要不是出车祸，他们一辈子怎么也不会分开。

她所不知道的是，他心里是打定主意的，只要她问到以前的问题他都如实回答，他认为端着藏着掖着都不是好事情，说白了好，就没有了负担，哪怕有问题再去想办法解决。他相信朱蕴是个通情达理的人。

朱蕴还是想了解荀西宁的从前，有一天就让他说说结婚前的事情，过去还喜欢过、还爱过谁。

荀西宁说上初中的时候爱上过班上的一个女同学，应该是他的初恋，以后这个叫周嫣的女孩转学到了苏州，前两年同学聚会的时候回来见过一次面。

朱蕴问他与这个初恋情人见面是在认识她之前还是之后，他回答是和她刚刚认识几天的时候。他给朱蕴叙述了见面的过程。

因为知道周嫣回来参加这场三十年同学聚会，荀西宁向召集这次活动的同学请假。

同学聚会开始后，马上就有几位女同学打电话来骂荀西宁，骂他冷血动物，骂他不讲情义，骂他胆小鬼。还有人用手机转播周嫣的抽泣声，告诉他周嫣在众多同学面前说了，这些年来一直在想着他。不说其他的，就冲是同学感情也不能轻慢。她们要荀西宁向周嫣道歉，以实际行动做出改正。

好事的班长替荀西宁和周嫣搞了一场约会。这位大姐班长交代荀西宁在去见周嫣时要穿着打扮有格调，要显得志得意满，要有成功人士的模样，最好不要说现在在殡仪馆的工作。她说身为官太太的周嫣珠光宝气雍容华贵，一副在发达地区的样子。

既然周嫣想见他，是冲他才回来参加聚会的，荀西宁倒也是想见见周嫣的。只是他心里还是有点障碍，问大姐班长他能不能不去。大姐说不去是不行的，除非他不想和同学们来往了。

听到这里朱蕴笑了笑，荀西宁停下来望着她，她说："没什么，你继续讲。"

第二天下午下了班，荀西宁洗了澡，换了一身休闲装，整理衣服时他抬起袖口嗅了嗅，确定这件衣服没有一丝来苏水的味道。开着馆里的丰田皮卡，他比约定的时间早半个小时到了"八月酒店"。他想先她到那里，看着她向他走过来，而不是被她看着。

周嫣约他见面的地点是酒店大堂的咖啡座，他到了以后向服务员订了个两位的座，刚坐下来手机便响了，周嫣说她到了，看到他了，让他转过身来。

他转身看到了什么？活脱脱一个周嫣母亲从不远处座位上站起来，有所不同的是她笑吟吟地迎着他，而她母亲当年对他是一副脸不是脸、嘴不是嘴的模样。

这肯定是三十年没见的周嫣？她居然长成了他当年极为反感的那个人的模样。

靠近她时，他的手向她伸过去，在伸出一半时又收了回来。这是他近来出现的一种状况，到殡仪馆工作以后，要求自己不要主动和别人握手，而有时候总是情不自禁的。

周嫣说她是看着他进来的，变化太大了，实在不敢相认，和她想象的也不一样。周嫣没有见过他父亲，大概不会有他那种见到家长的感觉。

他问周嫣，她预先想的他应该是一个什么样子。她说："觉得你会腆着一个发福的肚子，迈着四方步，夹着一个公文包什么的。”

他说：“那不是我，是你们家‘官人’。”

他们都笑了起来。他看到了曾经刻骨铭心的表情，她那种紧盯着他看一眼后带着点羞涩、偏一下头的笑。

“回高沙来应该去吃土菜，要不要我挑一个地方？”他征询她的意见。

她说再好不过，无数次在梦里都想，要有高沙咸鸭蛋、湖里的白米虾，还有菱塘盐水鹅。昨天同学聚会的酒宴上可能有过这些，但她没心思在意。

出酒店到了皮卡车跟前，周嫣说：“还是打车吧，总要喝点，酒驾不好玩。”

荀西宁看一眼车门上喷的“大旺殡仪馆”几个字，不知道她是不是在意这个，既然她提出来就听她的。

叫了一辆出租车，他带她到了一家叫盂城驿的清静小饭店。

坐下后两个人相视一笑，她问他是不是经常在外面应酬，他说倒也不是，不喜欢饭局，没有酒量，机会也少。

她叹了口气，说：“安定要是这样就好了。”

荀西宁知道，安定是周嫣的丈夫，姓茆，在苏州郊区当区长。周嫣这些年的情况他略微知道一点，是班上与她有联系的女同学透露给他的。他的情况料想也会有人去说给周嫣听。

周嫣点了陈年花雕，斟到杯子里即浅尝了一口，她微皱眉头说，家里有非常好的陈年黄酒，只闻闻酒坛的封泥就让人微醺。这个，太一般了。

荀西宁举起酒杯敬周嫣：“见到你很高兴！”她说：“我也是！”

吃饭不是他们聚一起的目的，周嫣对每样菜都只动一筷子，吃一点点，却在不停地说话。

她说那年转学到苏州小姨那里后，有差不多半年的时间总是哭。先是想着荀西宁哭，后来毫无缘由地哭。为什么？在那个人生地不熟的地方，连一个说话的人都没有。她知道荀西宁在她离开高沙的那个寒冷雪天跳到大运河里游到对岸，知道荀西宁结婚和以后发生的妻子车祸，也知道他现在的情况。

荀西宁不知道她听谁说的这些，冰雪天跳到大运河里游泳的事真有。他告诉她："从大运河里哆嗦着上岸时，我发誓要将你忘了，彻底忘了。应该说我做得不错。"

"这是我希望的，也有所不甘。"周嫣的神情有些不悦，她低下头说，"不说过去了，说现在吧。告诉你，我现在过得还挺好的，算是一个'成品女人'吧。"

荀西宁说："这就好！"放下手上的杯子，他双臂交抱在胸前看着她，希望她继续说下去。

一会儿她抬起头来问他："你信吗？"

见他没有吭气，她接着说："是我自己让自己过得很好。安定做的那些出格事，我都知道一些，没必要全知道，那样的话我会被他气死。我让他知道我知道一些，这就够了。他很乖，知晓利害关系，懂危害。像我们这样的家庭现在很多，我得到我想得到的，然后在有些事情上装聋作哑，随他去。人想通了就有日子过。"

周嫣拿出一盒 CD 给荀西宁，说不算礼物，是让他回去听的。他看了一下，是一个叫樊桐舟的女歌手的合集《绝色》。说实在话，他还从来没有听过这个歌手的歌。

荀西宁告诉周嫣，他现在很少听歌。她哼了一声说："借歌表达可是你的招数，现在不用了？"他说："当然。以后对谁都没有用过。这一招太好笑了。"

那时候，荀西宁没有给周嫣写过情书，要表达什么就找一个流行歌曲磁带给她，告诉她是哪一首。她以同样方式回应。在缺少社交工具和媒介的那个年代，在不想面红耳赤地表达时，这是一个好办法。

看着她送的礼物，荀西宁说很遗憾，自己还是那么缺心眼，就想不起来带个礼物什么的。她笑了笑，然后稍稍摇头说：“这张CD你回去好好听，我就不告诉你要听哪一首了，心情都在里面，你去找吧。”

荀西宁郑重地将光盘收起来放到包里，说回去一定好好听。

从饭店里出来等出租车的时候，周嫣让荀西宁到超市去买一盒纸巾。

接过纸巾她说：“要这盒纸巾，是要你还欠我的安慰。要知道我为你流过太多太多的眼泪，而你一点点的安慰都没有给过我。”

他笑了笑，还能说什么。

送周嫣到八月酒店门口，她让荀西宁坐出租车回家，馆里的车明天开回去。下了车她头也不回地进了酒店。

看着周嫣的身影，他知道目送已经不是三十年前的那种了，那时候，自己的目光里她就没有消失过，而现在却被一道酒店的门陡然阻隔了。

回到馆里，荀西宁记得那天和朱蕴通了很长时间的电话，以后看到小秘书的提示，他有四个未接电话记录，都是周嫣的。

给周嫣打过去，听到她在电话里抽泣着。问她怎么了，她放声哭了起来。

到殡仪馆工作以后，每天荀西宁耳边哭声不断，而现在他听到的是一种截然不同的哭声，不是伤心悲痛的那种，而是有点委屈，更多地带着矫情。

他由着她哭了一会儿。他知道，劝她只会让她哭得更厉害，过去的她就这样的。

过了一会儿，他对她说：“周嫣，用我送你的纸巾，擦擦眼泪，也擤擤鼻涕。”

她停了哭说：“我没有鼻涕，你送的纸巾我都擦完了，我就是看到那盒纸巾才想哭的……”

“不要哭，我现在的工作总是听到哭……”他的话听起来像是对周嫣的哭有点不耐烦，其实没有。

“荀西宁你这个混蛋，说到你的工作我正想骂你呢，什么事情不好做，跑到火葬场去做场长，跟死人打交道，害得我连碰都不敢碰你，拉你手不敢，抱抱你更不敢……”

他说：“纠正你，我是在殡仪馆工作，不是你说的火葬场。我的工作是组织上安排的，我只有服从，去做了我就想把它做好，我还觉得这个工作很有意义。”

“你不要对我说冠冕堂皇的话，我是干部家属，有些事情我看到得比你多，知道得比你更多。你该花钱给自己铺铺路，我就不相信你真的喜欢这个工作。经济上我支持你，过个节人家送我们的，就够你用的……”

他打住周嫣的话，告诉她，他弯不下身子去做那样的事，也觉得那样很没意思。在殡仪馆工作没有什么不好的，是个公益单位，服务部门。“人是可以因为心而高贵的。”他甚至还搬出了他们过去一起抄在笔记本上的一句名言。

她带着哀怨的口气说：“要不是你在殡仪馆，我们这次，我希望发生很多事……”

看起来周嫣是回来后才知道他工作变动的情况。他笑了笑，在他看来，和她单独见了面，有很深的交谈，知道对方都有自认为不错的生活，这就够了。他知道他们不可能再回到少男少女的时代，也不可能在这个时候做那时候的事情。有的事情做了后或许会后悔，或许会觉得一点意思都没有。

“我们就这样挺好的！”荀西宁在结束电话前总结了一下。

第二天早上他六点起床，手机里有一条短信，打开一看是周嫣的。

“哪一天我觉得自己要死了，就回高沙来，在你的殡仪馆里火化，你替我化一个淡淡的妆，你必须是最先和最后接触我身体的男人。”

荀西宁告诉朱蕴，他不想回这个短信。

朱蕴问荀西宁："你们恋爱的时候关系很深吗？周嫣说你是最先接触她身体的男人。"

荀西宁知道朱蕴不仅听得认真，而且很注意一些细节。

他告诉朱蕴，初二时他摸过周嫣的脸，在一个冬天的夜晚，她露在围巾外面的脸蛋被冻僵了，她要他用手焐一焐，他于是使劲搓热双手，用发烫的掌心捂到她冰冷的脸上去。后来她又让他摸摸她的脸，再用脸贴一下她的脸。

3

朱蕴说她突然想问荀西宁过去的事情是因为前两天在医院里又看到了康超。

康超是朱蕴前夫，他和妻子庄春芽带着孩子在儿科门前待诊，路过那里的朱蕴碰巧被一位医生叫住说事情，她站下来就看到了康超一家亲热的一幕，夫妻俩对着孩子鼓腮帮子、捏鼻子、翻眼睛，一个扮狗脸，一个扮猪脸。才三四岁的男孩高兴得咯咯笑，还用胖乎乎的小手摸了摸爸爸的脸。他们很快看见了不远处的朱蕴，愣了一下的庄春芽抱起孩子跑到了朱蕴面前。

庄春芽对抱着的孩子说："庄庄，这是你的大恩人朱医生，没有她就没有你。"朱蕴要庄春芽不要这么说，她对着庄庄拍拍手道："庄庄也让我抱抱。"庄春芽高兴地将孩子递到朱蕴手中。

朱蕴看庄春芽欲言又止的样子，问她是不是有话对她说。庄春芽说："嗯，就是还想谢谢您，谢谢您作为医生所给我的帮助。"

朱蕴说："这话我要听，收下了。"接下来在将孩子还给庄春芽时，她居然还叮嘱了一下："好好过日子！"她搞不清楚自己怎么就说出了这句话。庄春芽眼睛红红地“嗯”了一声。

朱蕴在对荀西宁说了见到康超一家的情况后，忽然想起来荀西宁还不知道前因后果。她告诉荀西宁，康超的孩子康庄庄是她帮着接生的。

荀西宁“哦”一声，并没有说什么，他只知道朱蕴离婚是康超负她的，有了婚外恋。

朱蕴问荀西宁：“你说我是二，还是心太好了？”

荀西宁笑了笑，说事情肯定是有原因的。朱蕴就问他想不想听那一段故事，荀西宁连忙说想听，并站起身来给朱蕴沏了一杯茶端到她面前。

朱蕴是妇产科医生，每周有那么两天要坐门诊。她第一次见到庄春芽的时候，先是看到病历封面上讨人喜欢的三个行书体的字，庄春芽这个名字好听也有点特别。

坐到朱蕴面前来的这位病人很年轻，有着一张姣好的脸庞和端庄的职业坐姿，通过她的举手投足看得出，她很在意自己的一举一动。

朱蕴问到庄春芽有什么不适，她的脸红了一下，说月经推迟了十多天。问到她婚姻状况，她说未婚，有一个男朋友。以前也有过月经推迟的情况，大概可以理解为工作压力比较大造成的。朱蕴给她开了张检验单，让她先去做一个尿检。

这应该是一个很快的过程，在高沙市人民医院检验中心做尿检不出三十分钟就能够拿到报告单，而过了两个多小时，到了中午的时候庄春芽都没有将检验单拿过来。朱蕴也没有特别奇怪，这样的事情经常有，妊娠尿检证明没有怀孕也就没有再来看医生的必要了。要是怀孕了，当作好事，先向未来的父亲报个喜，改日再由他陪着来医院认真做个检查；当作坏事，通报给罪魁祸首，谴责一番后再问他怎么负责任，由此开始一场交锋。妇科妊娠检查对象不将检查结果拿过来给医生，无外乎这几种情况。

庄春芽是在傍晚朱蕴快下班的时候将检验报告拿过来的，她的妊娠尿检呈阳性，是怀孕了。如果她上午就拿到了报告，这一大段时间里她与男朋友有什么样的交流不得而知。

朱蕴打开庄春芽的病历，对她的妊娠史做了了解，庄春芽介绍她曾经怀过孕，问到她有过几次、都采取过什么样的措施，她不具体回答，只说药流和人流都做过。

“医生姐姐，我有麻烦了，这对我可能是个大麻烦！”庄春芽可怜兮兮地对朱蕴说。

“你在婚龄育龄，有什么麻烦的？”朱蕴能给她的最好建议就是赶紧和男朋友结婚。

庄春芽说那是几乎不可能的，并说出原因：他有家庭，是个已婚男人，是她的顶头上司；她不想拆散他的家庭，也不想让单位里的人知道。

“我怎么说你呢？你得爱护自己呀，得知道什么事情能做，什么事情不能做。你是个成年人……”朱蕴在门诊遇到意外怀孕的很多，但这么陈述隐私的不多。大概是因为庄春芽叫她姐姐，知道庄春芽是婚外恋后朱蕴忍不住想说她两句。

庄春芽对朱蕴的话没有半点的不自在，倒反而要朱蕴多说她几句，她说她成长在一个单亲家庭，和父亲生活在一起。有些事情没有人能够告诉她该怎么做。这么一来，朱蕴倒说不出指责的话，反对她有了恻隐之心。

说话间快到下班时间了，朱蕴要为庄春芽做一个常规的子宫探查，庄春芽一听到要她躺到检查台上连连摇头。朱蕴安慰庄春芽，说只是一个简单的检查，即使是终止妊娠也只是个小手术，处理得越早对身体的伤害越小。

庄春芽点点头，说：“姐姐，我还是下次来的时候再做检查吧。最后，最后的处理，一定只有您能够帮我。”见朱蕴没有立即表态，她有点冲动地抓住朱蕴的手说，“没有任何人能够做到这一点，只有您能够帮我，姐姐您要答应我？！”

朱蕴实在不知道这个女孩为什么会提这样的要求，她谨慎地说：“我是个医生，所能够给你的最好帮助只能是医学范畴以内的，其他方面的我真的无能为力。”

庄春芽说：“不是的，一定不是的！只有你能够帮助我！”

朱蕴不理解，这个素昧平生的女孩，她的无数病人中的一位，为什么一定要强调只有她才能够给予帮助。直到庄春芽第二次来看她的门诊，她才知道是怎么回事。

庄春芽来的时间是朱蕴接下来的那个周一门诊，是在下午快下班的时候，外面下着雨。妇科门诊有一个特点，就诊的人“刮风一半，下雨全无”。因为雨下了有一阵子，诊室的另一位医生去住院部安排她第二天要做的一台手术。朱蕴在见到庄春芽进来后，下意识地看了一眼她的身后，以为她的那一位男友会现身。但她身后没有人，庄春芽随手将门掩上。

见庄春芽头发和肩头湿漉漉的，朱蕴将桌上的纸巾盒递给她，问她男友怎么没有和她一起来。

庄春芽莞尔一笑，轻声说了声“谢谢”后回答：“他哪里敢啊！”

朱蕴问庄春芽有没有和男友商量，怎么处理怀孕的事，她摇摇头说没有结果。“他听我说了这件事以后，什么话也不说，一个劲地喝水，小半桶纯净水都快喝光了。”

朱蕴说：“男人紧张的时候猛喝水，看来不是个别现象，我们家那位也是这样。”

她这么对庄春芽说，是想让她放松一点，她感觉到庄春芽听到她的话以后身子有微微的颤抖。到这个时候她还仍然没有想到，庄春芽怀孕的事与他们家那位遇事紧张猛喝水的人有关。

朱蕴要给庄春芽做一个身体检查，示意庄春芽躺到屏风后面的检查台上，庄春芽迟迟地不动弹身子，最后是无奈地躺了上去。

检查完毕，朱蕴问庄春芽怀孕过五次还是六次，庄春芽迟疑一下回答，是五次。

朱蕴告诉她，这个孩子可能是她最后的机会，多次人工流产致使她的子宫内壁已经像纸一样薄。庄春芽坐起来，说她知道，上一次做人工流产的时候医生就警告过她，说以后恐怕很难怀孕了。

庄春芽整理好衣服，坐到朱蕴面前，待她写完病历后一字一句地说：“我来找你，其实挺不要脸的。”

朱蕴说：“我是医生，你找我十分正常！出了这样的事情，正确对待就是。身体健康对每个人来说都很重要，你应该保护好自己。正视那个人对你的感情，权衡事情处理的方式会不会给他人家庭带来伤害，也要考虑到在社会上的影响……”

庄春芽点点头，很为难的样子。在朱蕴做医嘱时她打断了她，像从牙缝里挤出来一句话：“朱蕴姐姐，我对不起你！”

朱蕴抬起头，有点奇怪地看着庄春芽，庄春芽说她自己不要脸，又说对不起她，都什么事啊？

“我是圩禹镇财政所的，我的领导是康超……”

“哦！”朱蕴马上明白了，一瞬间她觉得自己的血液骤然热了，涌到了脸上，又马上凉了，凉到身体要哆嗦。她将写好的一张处方笺夹进病历里，推到庄春芽面前说：“你先出去吧，我工作时间不好与你谈个人的私事，下班以后或者找一个其他的时间我们谈。”

庄春芽默默地站起来，拿起包后还想说什么，见朱蕴走到水池边去洗手，看都不看她，便知趣地走了出去。

朱蕴站在水池边上，不知道洗了多长时间的手，洗得手皮都要破了，直到同诊室的那个医生进来，用奇怪的眼神盯着她。

朱蕴打消了给康超打电话的念头，决定晚上见到他的时候再说。

庄春芽没有离开医院，一直在门诊部的大厅里等着朱蕴。见到下班的朱蕴，她甚至跟着到存放电动车的车库。

“您骂我吧！”见朱蕴不理她，庄春芽改口说，“姐姐，你骂我吧！”

朱蕴听到她称呼姐姐，恼怒地想斥责她，又厌恶地想尽快抽身而去，无奈她亦步亦趋。

朱蕴不得已站住，对庄春芽说：“你太聪明了，聪明过头了。”

她现在终于明白，庄春芽第一次看她门诊时口口声声地说只有她能够帮她是什么意思。

庄春芽听朱蕴这么一说，默默地站在那里。突然，她哭了，是一下子爆发出来的那种哭。

她呜呜地，咧开嘴说：“我不求你……有什么办法？”

周围有几个下班的医生和护士，看到这一幕都云里雾里的，盯着她们这边看。

“看什么，又不是医患矛盾！”朱蕴气恼地、声嘶力竭地冲他们叫喊了一声，推起电动车头也不回地出去。

骑车回家的路上，朱蕴不由得自个儿苦笑，看得出康超和庄春芽是做了一个局，不仅仅打劫她尊严、羞辱她感情，更让她对婚姻彻底失望，是来了招釜底抽薪。

难道只有成全他们这对狗男女不成？

她对自己说不行，坚决不行。庄春芽一定以为她好说话，会败下阵，会拱手相让，庄春芽是找准了她的弱处来的。

回到家康超已在，看来他已经有所准备，女儿被送到了奶奶那里。

朱蕴平静地对康超说：“我知道了！”康超装作若无其事地应声：“噢。”

“你怎么对人家负责，有没有想过？”朱蕴见他这样，声音严厉了起来。

“我错了！”康超为了更好地表达，低下了头。

“错了，就一句错了？你又怎么对这个家庭负责，怎么对我、对女儿负责？”

“我错了！我真的错了！我很后悔，可没有后悔药卖！”康超抬头打量朱蕴一眼，接着低下头说，“身为领导，我没有抵挡得住来自单位女同志的诱惑，我和她也就是贪一时之欢，造成了终生遗恨。我对不起你，对不起女儿。我对你才是有感情的，对她根本谈不上，只是……”

朱蕴知道康超一定是事先打了草稿，在单位，不论大会小会的发言他都要准备稿子。她不想和他磨嘴费牙的，只提醒他他们有过的约定，出轨的代价是滚出家门。

康超看来是巴不得滚出家门，立即就开始收拾自己的东西，他还为自己找理由，说知道朱蕴饶不了他，说他还真是走了的好，要是不走她接下来会对他搞化学阉割。她说过的。

朱蕴知道她是罚人吃肉，正中了康超下怀，她也不拦他，由他去。出了这样的事情还要再在一起过日子，还要装作什么事情也没有发生，她做不到。所以她当初就对康超亮过底线。

从医院回来的路上她想好绝不让他们得逞的，但在康超离家出走以后没几天，她就不再坚持了，同意了和康超离婚。难以对别人诉说的是，这几天她每天夜里都会做同样的一个梦，梦里庄春芽哭哭啼啼地站在她面前央求她。而白天上班的时候，她只要接触到产妇，眼前就呈现出一双白皙光滑的腿，那是庄春芽的，年轻、富有弹性，这双腿与康超毛茸茸的腿纠缠在一起，勾搭在一起。

她恶心，只想尽快地摆脱这一切。她恨自己当初瞎了眼，宁愿没有与康超共同度过这十多年。

4

那天晚上朱蕴并没有将事情全部讲完，是荀西宁让她不要再讲下去的，他见她开始责怪自己并情绪激烈。

接下来朱蕴也没有对荀西宁再讲，相隔十多天以后她对荀西宁说：“什么事情都会有报应的，有人相信这点，我想着也有点相信了。”

这句话让荀西宁以为朱蕴一说到过去心里就不舒服，就放不下，与其这样，他不想朱蕴再讲下面的事情，他宁愿不知道。

哪知道情况不是这样的，她是又看到了康超有感而发。

这天她看到康超骑自行车送小孩上幼儿园，这在过去他们的婚姻生活中是一次也没有过的，他们的女儿楚楚都是由朱蕴或者外公外婆接送。唯心的老人认为一个人吃苦享福是有定数的，享多少福就要吃多少苦。康超看起来是享福在前面了。

不过朱蕴也不能肯定这一点，她告诉荀西宁自己的想法，或许康超现在是幸福的，以苦为乐的，认为有了真正的爱情和充满希望的生活。康超过去说过朱蕴在婚姻生活中的不是，只一点，就是少情调。朱蕴心里要说的是，情调能够当饭吃呀，我一天到晚没里没外，照顾老老少少少的，哪有心思去想这些搞这些?

朱蕴同意和康超离婚后，康超就迫不及待地办了手续，没隔几天就和庄春芽结了婚。婚后庄春芽的肚子一天天大了，她在市人民医院预约生产，产前体检也就在门诊上，她知道朱蕴上门诊的时间，每次还是找朱蕴给她检查，朱蕴没有将她推给别人做，但做的时候动作免不了有点机械，医嘱也小心翼翼。

朱蕴不止一次地建议庄春芽，应该找其他的医生也看一看。庄春芽说不用，说只相信朱蕴。

庄春芽这么做是什么意思呢？荀西宁在听到这儿的时候想。庄春芽的做法确实有悖常理，但一定是有目的的。把她往好处想，经历过那些事，她是真的相信朱蕴，认为可以依靠。或者，可以利用。

朱蕴说庄春芽婚后第一次来找她做检查时，她当时其实差一点控制不住情绪。幸亏她具有的职业素养，使她能够冷静下来面对，作为一个处于她这个位置的职业女性，要有优雅的姿态对待这个特殊的孕妇，接受她医疗服务的对象。她做到了，要知道，一个女人做妇产科医生，能够上手术台是经历无数的坎过来的。到庄春芽第二次来找她，朱蕴也就习以为常，将她当作一个普通的孕妇对待了。她只是觉得庄春芽在每次结束后的一声“姐姐，又麻烦你了！”很不入耳，有过一次制止但没有作用。

这件事还是被妇产科的医生、护士知道了，她们自然为朱蕴鸣不平，觉得庄春芽真是过分。欺负人不能到这个份儿上，也忒嚣张了。一位护士长说：“这种人就是朱主任遇到了，要是换了我……”接下来的话她省略了，只意味深长地用鼻子“哼”了一声。

庄春芽是突然住院生产的，比预产期早五天，因为羊水破了。她一定要朱蕴为她的孩子接生，还说母子俩的命就交到朱蕴手上。康超也来找朱蕴，说庄春芽一定要在市人民医院生这个孩子，因为她是在这家医院出生的。他知道这样对朱蕴很不公平，暗地里联系了扬州的医院，哪知道计划不如变化快，遇到了早产。只有在高沙分娩的话，还是市人民医院条件最好。

“我央求你了，帮一下他们母子吧！”康超对朱蕴说。他过去可是从来没为什么求过朱蕴。

朱蕴说：“央求什么啊，只要进我们的产房我们就要尽职，央求，好像我们没有职业道德，你这是来找我帮忙还是指责我来了？”

对康超，朱蕴就没有对庄春芽那么客气，她一改平常的温和语气，变得凌厉起来。康超连连认错，说他知道朱蕴不会对庄春芽怎么样，但其他的医生护士就难说了，说不定会在产房里将庄春芽搁一边，听她痛苦地呻吟喊叫，让她多受折磨；剪刀在医生手上，开个大口子也说不准；针也在她们手上，少缝几针多缝几针倒也算了，就怕将不该缝的也缝上。

朱蕴对康超说，不要因为自己的心理灰暗就觉得天是黑的。她刚才了解过了，庄春芽的各项检查很正常，很有可能是顺产。她不可能帮庄春芽助产，怎么也不可能。妇产科里经验比她丰富、技术比她好的医生多得是。

不过，经康超这么一说，她还是进了产房，不顾大家对她投来的奇怪目光。她大大方方地说："你们最二的朱姐来了，我将庄春芽拜托给大家！"此后她一直在产房里盯着，直到庄春芽顺利分娩。

庄春芽出院前对朱蕴说："姐姐，谢谢你！我以为我这样做我就安全了，我是说婚姻安全。我一直以为我不如你好，除了年轻什么也比不了你，我只是希望这样做……能够……"她没有说出来。

朱蕴说："你放心，康超我是无条件转让的，不会有后悔的一天，天下的好男人多得是。生儿子比生女儿责任更大，要教育好，不要让他长大了害人！"

朱蕴问荀西宁，她最后对庄春芽说这番话，是不是过分了一点。荀西宁说，没有。相对于庄春芽所做的、说的、想的，她真的不算什么。

朱蕴对荀西宁说，作为女人，她努力地要求自己不要脆弱，不要自私，哪怕屈让庄春芽这种人，被这种人利用也不足惜。事情到这一步，她真心地希望庄春芽和康超的日子过好，好好地养育孩子，也能够对楚楚好一点。她觉得她这个想法很实际，康超和庄春芽过得不好对她没好处，起码牵扯到女儿的未来，关系到她的一个同父异母的弟弟。

"我这样的女人可能没有情调，但不会没有优雅。"朱蕴说。

5

接下来康超一家发生的事，说与报应无关真是很难。

2012 年的最后一天，康超一家三口因煤气中毒死在住宅里，康超和庄春芽两个人裸死在浴缸里，应该是燃气热水器故障而造成的煤气中毒。因为是在洗鸳鸯浴，死者是老夫少妻，仕途顺畅的公务员、曾经的婚外恋第三者，一时间高沙城里街谈巷议。津津乐道的人倒是很少关心那个可怜的孩子，也很少同情一个家庭的悲惨毁灭，还有夫妻双方家里四位痛不欲生的白发人。在高沙城里他们被人说成“现报”，还定义是大人做坏事连累了孩子。

荀西宁先朱蕴知道了这件事，倒不是康超的家人联系他们殡仪馆，而是荀西宁在党校学习的同学打电话给他的。荀西宁的在职本科学习是在党校完成的，康超是他的同班同学，这一点上荀西宁从来没有对朱蕴说过，这种同学关系本来也区别于上正规中学和大学时的，只是这两年被注重关系的同学利用了，他们时常活动一下，巴结两位当了市领导的同学。

党校同学会的召集人问荀西宁。他们要去康超家集体吊唁，问要不要带上荀西宁的名字。他们是考虑到他和康超的关系。自打荀西宁和朱蕴好上以后，抑或是由于荀西宁到了殡仪馆工作，同学之间的聚会邀请他参加的少了，他和康超也就再也没有见过。他们要是在同学聚会上遇到会是一个什么情景？荀西宁没有想过，但绝不会是有些同学想的那样，他对康超没有意见，倒要感激康超给了他这么一个机会。

荀西宁说他参加一切哀悼康超的活动，并帮助安排殡仪馆的所有事宜。同学说，康超出事后，他年迈的母亲已经哭晕过去两次，他父亲是个脾气极坏的人，骂骂咧咧地手一挥，要立即将康超家三口送殡仪馆火化，说他们死了还连累家里老人，要一大家子死三代了。现在是康超的一帮同学在帮他们家料理丧事，组成了一个治丧小组。

荀西宁放下同学的电话以后就又打电话将这件事告诉了朱蕴，他也不得不说他与康超的党校同学关系了。

电话里荀西宁看不到朱蕴那头的表情，但她一定非常震惊。她沉默了，好一会儿才问荀西宁消息是不是确实。在荀西宁肯定了以后，她挂了电话。

三个多小时以后的下午，朱蕴打电话给荀西宁，要他晚上务必到她那里去。荀西宁就说由他去做饭，他下班买了菜带过去。

晚上荀西宁到朱蕴那里时，见她家里灯火通明，她好像将家里所有灯都打开了。朱蕴要荀西宁先不要做饭，陪她坐一会儿。

她说她非常害怕，下午一台剖宫产的手术怎么也不敢做，以身体不好推掉，由别人替她做了。

“不应该发生的事，真的不应该，我想到那个孩子就要哭。”朱蕴满脸恐惧，说接了荀西宁的电话腿就软了，倒吸了一口凉气，要是楚楚在康超那里，怕也一起遇难了。不是没有可能，楚楚要是在她奶奶那里，没准会被康超接到他家去过元旦。

荀西宁安慰朱蕴，这只是一桩意外，生活中总是有这样的不幸发生，只不过这一桩很特别。他要她不要害怕，就当作这件事没有发生，或者不认识这几个人。

朱蕴问他：“可能吗？”

荀西宁缄默，他知道这不可能！

他知道朱蕴还有一个怎么样让女儿面对的问题，他问朱蕴女儿楚楚有没有知道这件事，朱蕴说还没有让楚楚知道。康家那头已经有人打电话来告诉她康超的噩耗，说孩子的奶奶希望孩子过去。她没有同意，她不知道怎么办，就带着孩子躲到这边来，怕姥姥和孩子在一起时不小心对孩子说漏了嘴，也怕康超家到那边要接走孩子。

这个时候，朱蕴特别怕面对女儿楚楚，刚刚给孩子服了小剂量的安眠药，这时候已经在她的卧室睡了。

这样也不是个办法，荀西宁想。

在楚楚姥爷去世的时候，朱蕴就遇到过这样的问题，怎么样告诉女儿家里的一个亲人死了，死究竟是怎么回事？会不会让孩子惊恐，在心理上留下阴影？都是朱蕴考虑的问题，她觉得没有把握处理好，就先向孩子隐瞒了，就像遇到危险的母亲将孩子藏到身后一样。很多家庭并没有像她这么做，让孩子知道，让孩子参与到亲人的丧礼中，也很少出现大问题的，但朱蕴不想冒这个险，她是医生，总能够看到这个事情上最坏的一面并力图避免。在她的眼里，女儿是幼小的，不能受一点点的刺激和摧残。

朱蕴对自己还有自责，她告诉荀西宁，在知道康超的婚外情、在知道经她多次检查的孕妇庄春芽是第三者的时候，她在心里诅咒过康超。她不能不怀疑康超是幕后策划，他们合伙利用了她的善良。庄春芽分娩前康超来找她时，她是想问问他这个问题的，话到嘴边上她忍住了，她当时想的是，就当是的吧！

朱蕴将家里电话线拔了，手机也关了，怕的就是再有人来和她说要女儿去送葬。但荀西宁的手机开着，有人找到了他。是党校的同学，一位老大姐，现在的市妇联主席。

她让荀西宁做朱蕴的工作，让楚楚明天去给父亲送葬，高沙这地方有风俗，白发人不送黑发人，只有亡者的子嗣送葬。楚楚要是不去，康家和庄家也就没有人能够给康超他们送葬。她以为朱蕴不同意楚楚去是还记恨着康超，说天大的仇也要因为人死了一了百了。

荀西宁对她解释，朱蕴对康超和庄春芽的大度不是一般人能够做到的，也不是任何人都能够理解，她可以说是在以德报怨。不让楚楚去送葬实在是因为孩子小，怕她受伤害。证明这一点的是，朱蕴的父亲不久前去世，她也没有让孩子去给姥爷送葬。至今还背着不知道怎么样向孩子解释姥爷不在人世的思想包袱。

无奈之下荀西宁还是先将事情答应了下来，由他来做朱蕴的工作。打电话的大姐很担心，楚楚的奶奶说了，朱蕴要是不答应，她明天就到门上来跪下求。

荀西宁接电话的时候朱蕴离他很近，电话里说的她大概都听见了，荀西宁放下电话她已经在抽泣，怨气十足地问："为什么都在逼我？我为了我自己的孩子就不讲理一回，行不行？"

荀西宁说当然行。起身倒了一杯水给她。他轻手轻脚地推开楚楚睡的卧室，看了看她。

朱蕴也过来看了看，孩子在熟睡，她说明天请假在家不去上班了，要自己陪着孩子。

朱蕴回到沙发上坐下，说家庭的变故、家庭的灾难，只要牵涉到孩子，最不幸的就一定是他们，孩子是最无辜的，也最经不起伤害。康超和庄春芽的祸即使躲不过去，也不能带上孩子。她忽然觉得女儿楚楚很可怜，本来以为只要有她的爱怜楚楚就是幸福的，现在的变故让她意识到，楚楚得到的爱永远不会是完整的了，以前是破损的一个，现在只留下半个。

荀西宁小心翼翼地说："楚楚不给她父亲送葬，就怕将来会成为她终生的一个遗憾。"

朱蕴马上拉他到一边，压着声音，五官变形地冲他用指头点着说："你也这么想，这么来对我说？"荀西宁无语。

"那我怎么办？我不可能让楚楚小小的年纪，去看死人的恐怖面孔，去听悲惨的哭叫，去看她父亲进你们熊熊燃烧的火化机，去捧那个还有骨灰温度的盒子……"

荀西宁无奈地对她说："没有这么恐怖，你可以领着楚楚，抱着楚楚，护着楚楚，可以……带着她一起去啊……"

荀西宁马上意识到，冒出来的这句话是一种方法，一个解决问题的途径，朱蕴可以带着楚楚一起去。

"为康超和庄春芽，你那么大的苦都吃了，就算我……"

"你打住！"朱蕴打断他的话说，"我现在最怕的就是谁求我，我们之间杜绝'求'这个字眼，你以后永远不要在我面前说这个字。"

荀西宁告诉朱蕴，不能让孩子回避死亡这个生命之痛，他也遇到过这个问题，在儿子母亲遇难的时候。当时他也很矛盾，很纠结。事后他觉得应该引导孩子去接受这一事实，不仅仅在告诉他的那一刻，还要在以后日子里多多开导，启迪孩子正确认识死亡的意义，理解和热爱人生，那样就是化茧成蝶，化负面的东西为积极的了。

朱蕴最后没有肯定地答复荀西宁去还是不去，只说她要考虑一下。

荀西宁从朱蕴家出来后即给参加康超治丧的同学打了电话，说朱蕴基本上答应，让楚楚的奶奶放心。

他相信朱蕴能够过这道坎。

荀西宁睡了很短的一段时间，凌晨五点的时候醒来，比平时生物钟唤醒他的时间稍早一些，有重要的事情他的身体就这样，应该是一种紧张的表现。

朱蕴的电话来了，像是知道他已经起床，她对他提了一个条件，她可以带楚楚去给康超送葬，但荀西宁要始终和她们待在一起，帮她照料楚楚。

这当然不是问题，昨天晚上荀西宁回来后想到，朱蕴出现在康超的葬礼上会是一个焦点人物，他也会自然地被牵扯进去。不过，这没有什么可怕的。

朱蕴在她临出门前，又打了个电话给荀西宁，说了一下她为楚楚做的。她给楚楚换上了一身素服，告诉她今天不去学校，要去参加一个很特别的仪式，送她的爸爸、庄阿姨、庄庄弟弟去一个很远的地方。她问荀西宁这么说是不是合适。荀西宁觉得挺好，对孩子可以说得模糊一点，等他们以后懂事了再慢慢地解释也行。

荀西宁让朱蕴用电话及时告诉他康超家那边的情况，他差不多也要出发了，随馆里的灵车一道过去。

这天是殡仪馆从来没有过的，往一家发了三部灵车，看到康超三口之家的棺柩陈列在一起，殡仪馆司仪李芸也受不了了，每天看到别人悲痛欲绝都淡定无比的她，在主持告别仪式的时候声音有点颤抖。

那些对康超和庄春芽作道德评判的人、追逐他们风流韵事的人、幸灾乐祸的人，要是看到这一家三口出殡的情景会有什么态度呢？法律对死者的罪恶都是一笔勾销的，何况康超和庄春芽只是道德的错误，用死来结账还带上他们的孩子，代价太大太大。那些依然持报应论的人，为什么就无视孰轻孰重？

这是荀西宁看到这样的场景想说的。

朱蕴送了一只很大的白菊花篮，摆在告别大厅的最显眼处，花篮的挽联上写着：安息，往生极乐！

她一直抱着女儿楚楚，不知哪来的那么大力气，默哀的时候放下，默哀毕又马上抱起来。

后来荀西宁在休息室里陪她们母女坐着，楚楚要等到将骨灰盒抱回去。

楚楚对陌生的环境很好奇，问这问那，殡仪馆里的事物有什么好说的，朱蕴支支吾吾，不时地拿目光向荀西宁求援。

荀西宁打开电视，调到一个频道，希望能吸引楚楚的注意力。

楚楚只安静地看了一会儿电视，就想起什么似的问妈妈，她爸爸和庄他们为什么会在一个玻璃盒子里，为什么一动不动，为什么不说话，他们可一点也不像睡觉的样子。

朱蕴看到电视里播的科幻动画片是遨游太空的，便说那个玻璃盒子是飞行器。

楚楚接着问，他们要乘飞行器飞到什么地方去，什么时候回来？

朱蕴为难地皱起眉头，想了想说，是很远的一个地方，暂时不会回来。

看到女儿失望的表情，朱蕴说在夜晚的时候可以看到他们，他们就是天上的那些星星中的三颗。

楚楚高兴起来，雀跃着说，晚上一定要看天上的星星。

朱蕴转过脸来看荀西宁，她的表情很是无奈。荀西宁点点头，示意她这样说很好。

6

晚上荀西宁一直没有接到朱蕴的电话，短信也没有。

白天馆里的整容师在为康超整容时，站在一边看着的荀西宁忽然想起朱蕴说过的，康超在医院里对儿子庄庄扮猪脸鼓起的腮帮子……荀西宁觉得有一点人们可能是忽视的，就怕朱蕴也不一定愿意正视，那就是康超是从庄春芽那里找到了爱情和家庭的幸福。为了庄春芽的分娩他甚至可以去求朱蕴，这不仅仅是勇气；他能够送孩子去幼儿园，也不单单是他发生变化。还关乎很多，别人是很难一一洞悉的。

直到第二天中午朱蕴都没有和荀西宁联系，他便准备打电话到医院去，如果她还没有上班就一定是在家里休息，果然她没有上班。

傍晚的时候荀西宁去朱蕴的住所看望她，他见到了一脸倦容的她，她说累死了，这次从殡仪馆回来比上次为父亲守灵送葬还要累。

昨晚楚楚还记着白天对她说的星星，一定要到阳台上去看，问妈妈哪三颗星是爸爸和庄庄他们。

朱蕴说她为难死了，真不知道怎么回答孩子才好。都说一个谎要用十个谎来圆，对孩子来说十个可能还不够，他们有许多蹊跷古怪的想法和问题。

她对女儿说，楚楚爸爸和庄庄他们还在飞行器里，有漫漫的旅途，还没有到达目的地，只有到了那里他们才是亮灿灿的星星，所以现在看不到。

女儿说她也要乘那种玻璃盒子的飞行器，要到很远很远的地方做一颗星星，给小朋友们看。她明天就要告诉他们。

荀西宁想知道朱蕴怎么回答女儿的，她说她回答得可能不好，也确实想不出该怎么对孩子说。

她说："楚楚你还不能去做天上的星星，妈妈爱你，希望你始终在身边，看着你长大。到妈妈这个年龄，你可以像妈妈这样做一个医生，接生很多可爱的小宝宝，也可以做其他的事情，成为电视里的漂亮姐姐，一个人见人爱的大明星；你会活得比你奶奶和外婆还要长，你会给你的小孙子、小孙女儿讲故事，带他们到公园和游乐园去玩；你会……"

女儿在呢喃中睡着，而朱蕴抱她在怀里一直没有放下。妈妈数说的希望，她不一定记得，但她会记住妈妈的拥抱、妈妈的温暖、妈妈在耳边的呢喃。

朱蕴要荀西宁什么时候也抱抱楚楚，她说："轻柔地将这个小东西搂在怀里，闻着淡淡的带奶味的肤香，细匀的呼吸痒酥酥的，当觉得和她有一样的体温时，会感到一种甜美的体贴，一种唤都唤不醒的沉沦。"

荀西宁微笑着点点头，他说："这一定是一种非常美好的感觉。"

他看着她，她也看着他。这时候他们觉得心中有难以言表的东西，在她的眼里，他神往的表情很温柔，甚至迷人；而在他眼里，她此刻的神情是神圣和庄重的，她是奉献出了她一直呵护的爱，让他一起去保护，去珍爱。

这时候他们都想到了结婚，居然是朱蕴说出来的："我们结婚吧！"

以后朱蕴告诉荀西宁，那个抱孩子的感触其实是康超对她说过的，她曾经为这段话而陶醉，以为她是一个幸福的母亲，有一个深爱她和孩子的丈夫。结果这一切都是不确定的，最终风流云散，没有恒常。

荀西宁说，爱是个看不见摸不着的东西，当它像风一样抚上你的脸时，你要在心里感受它，好好珍爱它，不要怀疑它是否存在，不要去想哪一天你会没有了，爱在当下你才会永远有爱。朱蕴说这话也好，她要记下来。

易　俗

1

九零在学校放寒假前给荀西宁发了则短信，说他谈了个女朋友，不是上次说的那个，想带回家让父亲见见。荀西宁学儿子以往回复他说事的口气，来了个“嗯”字，心里叽咕：“见见，为什么不是看看？”这种口气听起来似乎没有征求他意见的意思。

九零这是铺垫，一放了寒假他就将女朋友带到了高沙，到家后打电话告诉馆长父亲：“我们到家了，我和她。买好了菜，等你回来做饭。”

荀西宁电话中说了声好，对面前向他请示工作的陈副馆长说：“我要走了，儿子回来了。”他有点着急回家，要看看儿子的女朋友。

回家一推门他就看见了，女孩子给他的第一印象很好，看着就觉得一团喜气。九零介绍她叫白砚，黑龙江佳木斯人。白砚在手机上拼出砚字给荀西宁看，说明是砚台的砚字，不是艳丽的艳。她总是乐呵呵的，咯咯咯地笑，看得出性格直率、开朗。

待荀西宁在厨房里忙着洗洗切切的时候，白砚和九零打闹到他面前来，搂着看做菜。他们没声音的时候是在沙发上抱成一团，厨房与客厅的隔断是玻璃门，他们的小动作一目了然。

都说人的性格从小定八十，喜好大概也这样。白砚长得白白胖胖的，圆圆的脸，圆圆的眼睛，开阔的额头，小翘鼻子。九零上幼儿园的时候就喜欢胖胖的小女生，敢上前拉人家的手，大着胆子摸人家的脸。对瘦小的女生从来就没有过。

九零问父亲朱阿姨什么时候来，说要介绍父亲的女朋友给白砚认识。荀西宁听儿子这么对女朋友说到他的女朋友，觉得尴尬却又不好指责他说得不好，只得用严肃的口气说：“朱阿姨今天不来！”

荀西宁接到九零回来的电话后就约朱蕴过来，可她怎么也不肯。她和九零还没有见过面，说先让他们父子团聚，没几天就过年了，节日期间找个合适的场合见面会更好。荀西宁知道她的为难之处，是不想让九零觉得她在这个家已经像女主人了。九零很失望，说这次见不到朱阿姨是件遗憾的事，他和白砚明天就离开高沙回扬州。

三个人坐下来吃饭，九零站起身来到厨房拿出一瓶红酒和一只酒杯，替父亲斟上酒。他见白砚奇怪地看着他，解释说：“我爸爸不让我喝酒，我在他面前从来不喝。”转过来又对父亲说，“学校里同学聚会时，我有时来点啤的。”

白砚揭发九零：“还来点啤的，像喝水一样大口喝白的。”说完她咯咯笑起来。九零尴尬地看了父亲一眼，白砚收住笑，打开一听饮料放在他面前，给自己也开了一听。

荀西宁端起酒杯说：“小白，欢迎你！”白砚很斯文地双手端起饮料罐说：“谢谢叔叔。”

荀西宁对九零夸白砚懂礼貌，九零说她就能装一会儿，马上就藏不住掖不住了。

白砚说想问荀叔叔一个问题，她是不是荀叔叔希望的九零女朋友的样子。

荀西宁越发觉得她直率，倒也更喜欢了，说他的要求简单，只希望九零有一个爱他的女朋友，这是他很注重的一点。

白砚说她要是有什么缺点就是胖了点，在他们佳木斯，她算苗条的，她姥姥是苏州人。

荀西宁用一双公筷给白砚夹菜，向她介绍："这是有名的咸鸭蛋，清蒸的高邮湖的白鱼，茶干炒水芹……"

白砚用手捂住碗说："够了，够了，叔叔我吃得很少的。这个咸蛋还是双黄哎……我好喜欢扬州，春节前我还会过来，我要在扬州过年，要沐浴瘦西湖，听平山堂钟声，转后街小巷，看节日里的花灯，要瞧瞧扬州城里有多少俊男靓女。"

荀西宁说："十年一觉扬州梦，我们也很恋扬州，所以九零选了家门口的扬州大学去读书。"转而他疑惑地问白砚怎么不是在扬州读大学。

白砚说她在东北沈阳上学，九零也就接着介绍，他这个女朋友是从网友转为恋人的。

荀西宁嘴上不说什么，心里便只有感慨的份儿了。儿子用最现代的方式颠覆了父辈当年谈情说爱的套路，父辈们甚至更往前的一代代，每一步都执守着那些社会常规、习俗、程序，恋爱过程中的私密进展是很难避开父母、社会、单位的无形监督的。相比之下，他们与前辈真是天上地下啊。既然他们从虚拟世界走到线下了，那么，她在沈阳，他在扬州，下一步是什么呢？将来作何打算？荀西宁不敢往下想，估计"将来"太长，也会是一个变数。

白砚说："叔叔，我上辈子，或者上上辈子一定是扬州的女子，是扬州的'瘦马'。"

九零不好意思地赶紧替白砚解释，说她不懂"瘦马"是什么人物，她是想说自己是古时候的扬州美女，是看穿越小说看得脑袋进水了。

白砚不恼，咯咯地笑得停不下来。直到九零制止她，要她不要巨笑，她才有点不好意思地憋住了。

荀西宁对白砚说："你笑吧，尽情地笑，叔叔平时很少听到这样的笑声。喜欢你这么开心地笑，听着心情都好。"

白砚很奇怪地问:“叔叔的工作很严肃吗?”荀西宁看了九零一眼,知道他没有对她说过父亲的职业。

九零说:“岂止是严肃,还要扮悲情。”白砚没有追问,用一个小碗给自己倒了红酒,站起来给荀西宁敬酒。她好酒量,一次次地敬酒,一大口接一大口地喝,像喝到嘴里的是白水一样,一瓶红酒很快喝光。

饭后九零指使白砚收拾桌子洗碗,拉父亲坐到沙发上说:“东北的老爷们儿在家里都是甩手掌柜,我现在是东北女人的男人,所以得由她去刷锅洗碗。”荀西宁一丝苦笑,这小子,都已经开始拿大老爷们儿的架子了。

荀西宁和九零两个人一起生活时,也就是九零母亲去世后,定过规矩,他做饭儿子必须洗碗。有了女朋友的九零学会显摆了,还居然在父亲面前来这一套。荀西宁不得不教育他,说一个男人不能只嘴上说对爱人好,要落实在行动上,具体的表现就是做家务,自己可是一直在家里做家务的。

九零说能者多劳,话音刚落就听见厨房里“哗啦”一声巨响,紧接着又是白砚的笑声,笑得要岔气了。她说她打碎了三个盘子两只碗,还好没有划伤自己。荀西宁白了九零一眼,看样子白砚也不是勤劳能干的人啊。

荀西宁酒喝得多了一点,是因为很高兴,九零回来了,还带回来一个漂亮活泼的女朋友,家里欢声笑语其乐融融,所谓天伦之乐大概就是这样吧?他很享受他们带来的一切,哪怕是摔锅砸碗。他对九零说:“你爷爷、奶奶和你妈妈要在世,看到这样,不知道要高兴成什么样子!”

九零“嗯”了一声,有点心不在焉的样子。荀西宁让他们早点休息,他又“嗯”了一声。

一会儿九零在父亲面前转来转去,欲言又止。荀西宁以为洞悉了儿子心事,说家里还有一个卧室和客厅的沙发可以睡人,他要先休息了。

把女朋友带到家里,能在沙发上搂抱亲吻,到这种程度估计他们该做的都做了。荀西宁觉得他应该做那种开明的家长,暗示儿子可以在家里适当安排，这等于给他们开了绿灯。也想着，如果定下九零和女朋友可以在一起的话，他还要提醒一下儿子注意安全和保护女生，毕竟他们还没有毕业。

哪知道九零说，他们还是住到外面去，找一家宾馆。荀西宁大感意外，问为什么，好好的家里不住，住什么酒店宾馆。九零说："白砚……她笑个不停。这个……大家都不方便啊。"他与父亲商量，问父亲能不能住到朱阿姨那里去。

要将老子扫地出门还巧舌如簧。荀西宁笑笑，说那他就回馆里去。九零得寸进尺地提出今年的春节不回来了，要陪白砚在扬州过把年。

荀西宁无奈地点点头说："好吧，你就一个人在外面过次年看看。"九零厚着脸皮说："我们都不是一个人了，你有朱阿姨，我有白砚陪着。"

喝了酒开不成车，荀西宁打电话给住在馆里的窦亚，要他来接一下，不要骑摩托车，开什么车都行。到这个点，打车往殡仪馆去会为难出租车司机的。

窦亚很快开着灵车来接，到了小区门口发了短信。荀西宁向白砚告别，她送他到门口，大大方方地摆手说再见，让荀西宁恍若在朋友家做客后向女主人告辞一样。

一会儿，荀西宁收到儿子的短信，他告诉女朋友父亲在殡仪馆工作，她脸都吓白了，要将室内所有的灯都开着睡觉。

2

殡仪馆没有节假日休息一说，春节也不例外。进腊月后荀西宁和副馆长陈喜国商量怎么过春节的事。这是他当馆长的第一个春节，总想有点新气象。

兼着馆里工会主席的陈喜国说："能怎么过？殡葬工的春节是最革命

化的，连年味都没有，大家五天年假只轮到一两天休息，不好去给别人拜年，也少有上咱们这些人门上拜年的，入了这个行业以后大家便都习惯了，反正我是这样的。就怕窦亚、伊春娜他们这些今年刚参加工作的新人不适应。不止他们，还有他们的父母亲戚，也有个适应这种变化的过程。”照陈喜国说，多给大家发些钱，年就是好年。

荀西宁想，多发点钱就算过好年也太没追求了。他联系了局工会、党办、团委，邀请他们在节日期间去殡葬工家里做客，让馆里的职工、党员、团员的春节过得与往年不同。什么事情想到才能做到，他这么一来，局长、书记就都表了态，要分别在春节期间去殡葬工家拜年。排节日值班表的时候，荀西宁为自己排了除夕和初一两天的夜间值班。

到除夕这天上午，有三家丧户出殡，死者的死亡时间有两位是头天，一位是当天凌晨。按照高沙至少停柩三天的风俗，都不应该在这天出殡。但事在人为，丧户赶日子也是有道理的，在年前送葬等于送走了晦气和悲伤，真正是辞旧迎新。如果除夕这天还不火化，就要一直摆灵堂过新年，灵堂是不好跨年的。要说在过年的节庆喜气中，家里还布设着灵堂，新年伊始就让殡仪馆灵车到门上来，确实不是个滋味，谁都会觉得非常不吉利。因此，死者和家属都尽量避免。实在避不过去，死者遗体尽可能留在医院天平间，或者送到殡仪馆来。正月里的丧事都很急促，丧户会选择从简，淡化哀伤，尽可能地不惊扰左邻右舍和领导同事。除非去世的是子孙满堂的高寿老人，在家办的是挂红彩的喜丧。

尽管这样，殡仪馆也不会像银行那样在正月初一歇业，还要留人值班，以便能够完成整个流程。

荀西宁问馆里的老职工雍大贵，大过年的馆里贴不贴春联，放不放鞭炮？雍大贵说，没贴过，没放过。荀西宁想，既然今年这个年要过得与往年不同，就多些花样，让大家快乐一下，喜庆一番。

下午殡仪馆在职工之家搞了一个联欢会，会后有一个贴春联、放爆竹的活动，新鲜事大家都有兴趣，热热闹闹地一起参加了。

春联是苟西宁拟的，写在红纸上，贴在职工之家的门柱和门楣上，远远地就能够看到。

上联：盼国家和谐鼎盛

下联：祈人民健康长寿

横批：安居乐业

春联刚贴好，还没有放爆竹，苟西宁就接到民政局宋局长的电话，他说看到馆里的对联了，“盼国家和谐鼎盛，祈人民健康长寿”，祈福求安，内容挺好，他先给大家拜个早年，祝大家新年吉祥，阖家欢乐！

神了！宋局长哪能够看到对联，一定是谁给他打电话汇报了。苟西宁向宋局长解释，对联贴在职工之家，丧户是看不到的。大过年的，也想喜庆一下。

宋局长要苟西宁不要想那么多，“移风易俗，改造中国。这是一位伟人说过的，是我们的工作，是我们的重任”。他交代苟西宁也要尊重民俗，丧户万一要是看到还是不好，妥善的做法是在红对联上贴上个手指宽的白纸条。

苟西宁说：“马上照办，那我们就接着放爆竹了？”宋局长说：“你们放吧，只要不面对丧户，注意安全就行。我们殡仪馆的年也要过好，也要过得热热闹闹的。”

苟西宁对身边的陈喜国感慨，接近过年的这两天，看到高沙市电视台在播市领导慰问春节期间坚守工作岗位的干部职工的消息，也看到了各大媒体上频频出现的各级领导深入基层送温暖的报道，有慰问交警、慰问边防战士、慰问医护人员、慰问流水线上工人和扫马路的清洁工人的镜头，就想怎么也不会有慰问殡葬工的。在举国欢庆团圆祥和、唱赞歌迎禧接福、家家户户杯盘碗盏红火热闹的时候，殡仪馆的工人不也坚守在第一线吗？这样的岁末坚守，虽不是在为国家创造物质财富，但减少的是社会和家庭的痛苦。殡葬工在这里不能欢笑，不能祝福，不能庆贺，只面对痛苦、泪水和生离死别！谁来给他们送一点温暖呢？而他，去年不在这个岗位上，不设身处地是没有这个感想、感慨的。

放完爆竹大家就都回家过年了，荀西宁独自留下来值班。

他忽然感到腰疼，他不敢相信是真的，症状出现了？

3

荀九零和白砚在扬泰机场候机，边上放着极简单的行李，一只双肩背包和小巧的拉杆箱。

白砚要过九零的手机打电话。九零不满地说："看来一定是要把我的手机也打爆了。"白砚可怜兮兮地说，她与爸爸妈妈说说话，心里才好受一点。刚才她难受得胸闷，气都喘不过来了。

白砚边拨电话边对九零说："你说我咋的，上午还好好的，怎么到吃饭的时候，一下子就特别想我家那旮旯，恨不能立即就在家里的大炕上。"

九零有点气恼地说："好好好，马上安检了，晚上你就到家了，就在你的大屯子过大年了。"

白砚拨通电话，喊一声"妈……"眼泪就哗哗下来了。九零见状摇摇头，起身去找充电器替白砚给她手机充电，机场服务小姐热情地带他过去。

九零守着充电的白砚手机，看了一下腕表，用白砚的手机给父亲打电话，电话语音提示占线。他发短信，拼出：爸爸，我回来和你过年……想想他停住了，删了字迹取消短信。

二十多分钟以后九零回到白砚身边，将充好电的手机交到她手上。白砚将九零的手机还给他说："不好意思，你的手机真的被我打爆了。你路上怎么办？我们要失去联系了。"

九零说："你待会儿上飞机要关手机，我们反正要断交一段时间。我也不给爸爸打电话了，直接回家，给他一个惊喜。"他焦虑地看看电子信息屏，对白砚说，"差不多了，你去安检吧。"

白砚不满地说："你是急着要我走，巴不得要我走是不是？"九零说："我巴望的是你不走，和我一起回家，在我们家过年。"

白砚说："我回家就不会想爸爸妈妈了，就只想你一个人。"她对舍弃九零有些歉意。

九零上前拥抱她一下，拍拍她后背，松开她，倒退着向她告别。

白砚站在那里，一动不动。

九零从候机楼出来，已近傍晚，昏黄的天上飘着雪花，地上已经有积雪。

汽车站里旅客已经不多，他还是赶上了一趟开往高沙的车。上车后见车厢里只有一个空位，上面放着一个鼓鼓囊囊的旅行包。挨着这个座的是一个漂亮女孩，围裹着围巾，只露出一双扑闪着的会说话的眼睛。九零绕过走道里密密匝匝的行李，挪着身子走到围巾女孩面前。

他指着旅行包问："小朋友，这个包能不能由我抱着？"围巾女孩说了声"NO"，拿起包抱在自己腿上，为他让出座位。九零谢了她，局促地坐在围巾女孩身边，女孩挪了挪身子，为九零让出稍大一点的空间。这过程中她一直没有再说话，眼睛盯在手机上。九零瞄一眼，看她在玩微博。

有乘客对司机说："师傅，人满了，开车吧！"众乘客跟着说："开吧，都下雪了！""早点让我们回家过年吧。"

司机打开保温杯慢吞吞地喝了一口说："马上，马上。"可就是没有发动车子。九零转过脸看车窗外雪花飘舞的天空。

直到又上来几个打工者模样的人将过道的空间也塞满了，客车才缓慢地启程，一路上还在招揽路边等车的人。

九零边上的围巾女孩还在看手机，不时地偷笑着。她的手机响了，她拉开一点围巾接电话："爸，我还在路上，快了，还有半个小时到高沙。"电话里的声音九零能听到："不着急，我们等你，要司机慢点开，下雪天，注意安全……好，好，我挂了。"

一位乘客看了看腕表说："师傅快点，我们回去要看电视。"司机大声说："好咧，《新闻联播》都耽误不了。"接着九零听见司机在小声叽咕，"快慢不是你决定。"

九零拿出手机试着开机，揿了几下都没有反应。他转过脸对围巾女孩说："小朋友，能不能帮忙给我父亲发一个短信？我手机没电了。"

围巾女孩看看九零手中的手机，白了他一眼说："这一套，太老土了。"说完拉上围巾将脸捂得更实，还背过身去。

九零摇了一下头说："那你能不能帮我发一个私信，我爸爸有微博，你搜一下咏归者，歌咏的咏，归来的归，之乎者也的者。"

围巾女孩转过身对九零晃了一下手机，鄙夷地说："偷窥狂，看我手机信息。"九零礼貌地对她解释："我不是有意的。"

围巾女孩在手机上悄悄地搜索到咏归者，对九零翻一下白眼，翻看咏归者的一条条微博。看着看着，她笑了起来，转过身对着九零说："你爸爸的工作很特别吧？"

九零回答她："说出来吓死你。"他看看四周，又说了句，"大过年的，不和你说。"

九零要过围巾女孩搁在腿上的旅行包，放到自己腿上来，她又笑了，得意的那种，她说："你爸爸今天没有待在家里，在单位值班。我微博上看到的。"

客车到站，九零将围巾女孩的包拎下车交给她。女孩对九零说："我粉了你爸爸，你应该互粉一下我，我替你发了私信。"

九零调皮地说:“我待会儿见到我爸爸要他粉你。”见到一辆出租车开过来，他赶紧伸手拦车并迎着车跑过去。

出租车在他前面停下，围巾女孩也拎着包紧跟过来。出租车司机探出头来问他去什么地方，九零脱口而出:“到大旺殡仪馆。”

出租车司机说:“呸，不去！”立即开车走了。

围巾女孩用包撞了一下发愣的九零，说要是她叫车就不会说到殡仪馆，只说到大旺镇。

九零继续寻找出租车，围巾女孩一直跟着他。他不时地回头看她一两眼，心想:你跟着我干什么?

围巾女孩果真是有目的的，她讨好地对九零说:“你带我去你爸爸那里玩吧，除夕夜到殡仪馆，多有意思啊。我们车费AA制。”

九零眼睛都瞪大了:“你要到殡仪馆玩?”

围巾女孩轻声地说:“是的。”

“那儿有什么好玩的，变态啊！”

围巾女孩见他这样，口气变得凶巴巴的:“你才变态呢，哪有这么说人的。”

九零觉得自己是有点不好，换了口气:“你不回去和爸爸妈妈一起吃年夜饭?”

围巾女孩摇摇头。

九零接着问:“你不看春晚?”

围巾女孩说:“不看。”

九零无奈地说:“要不我送你回家吧，那儿真不是好玩的地方。”

围巾女孩立马高兴起来:“好啊，但是……”她停顿了一下，不容商量地要求，“你要送我到家门口。”

“好吧。这是可以考虑的。”九零停了下来，问围巾女孩家住在什么方向。

4

天渐渐地黑下来，荀西宁在殡仪馆内巡查了一遍，能上锁的地方都锁上，过道灯一盏盏打开，不让有一处地方黑着。

他到传达室用微波炉热了食堂留下的年夜饭，打开从家里带来的一瓶红酒，将两个玻璃茶杯倒满。平时他不喝酒，但除夕夜的年夜饭，九零的母亲戎蓉总要他喝点红酒，要满杯，讨红红火火的吉利。

荀西宁将一杯酒泼在四下里的地上，举起另外一个酒杯对着空中敬了一下，然后一扬脖子喝得点滴不剩。到殡仪馆工作以后酒量好像比过去大多了，一瓶红酒没喝几下就空了。

窗外下雪了，飘着南方城市很少见的鹅毛大雪，看着看着，他在室内就再也待不住，搁下吃了一半的饭到外面去了。鼻子里猛然蹿进凛冽的冷气，纷纷扬扬的雪花落在裸露着的脸上，继而又化为冰凉的水滴，他脖子不由得一缩。

一个人在馆里走走停停，馆内的灯光或灰暗或昏黄，这是一个缟素的世界；远远的天空，火树银花时隐时现；四周里空寂无声，不时传来隐隐约约的鞭炮声。孤寂清冷是衬托对比出来的，忽然就让他感觉到有远离人群的那种绝对孤独。

从殓葬间出来穿过告别厅，看到一张告别棺，他想了一下自己躺在里面的情景；而上午在医院的时候，他想到的是自己面如枯槁地躺在病床上。

他对自己说，这不过是最不好的结局而已。朱蕴安慰他，大医院的复检或许会是另外一回事。这件事从上午知道以后就让他胸中涌出各种的情绪。

多么特殊的夜晚啊——

这时候的他，胸腔里一会儿觉得胀满，一会儿又觉得空虚到无以支撑，脑子里时而热烈时而冷静，冷静是那种通透彻骨的。

他想起一首名为《请柬》的诗，那是年轻时读过的席慕蓉的诗。当时并没有太多的体会，这一瞬间，却字字清晰，似排列在天空的大屏幕上：

我们去看烟火好吗
去　去看那
繁花之中如何再生繁花
梦境之上如何再现梦境
让我们并肩走过荒凉的河岸仰望夜空
生命的狂喜与刺痛
都在这顷刻
宛如烟火

怀着这样的诗情站在停车场中间，他想到这是除夕夜的殡仪馆，想到是孤零零一个人在这里，不由得百感交集。他用手指着告别厅、殓葬间的方向大声说：“谁，谁与我做伴？”转了一圈无应答，他哈哈大笑起来，转而脸上冰冷，有热泪涌出。

他到休息室将那台电视打开，央视的春晚已经开始，他把电视的音量调得低一些，熄了灯半开着门。

回到传达室，他将桌子收拾干净，沏了一杯安吉白茶放在面前，打开看了一半的史铁生的《命若琴弦》。

手机提示微博上有私信，他打开看：“爸我快回来了，马上到你这里来！”发私信的是“开心无果”，有着很漂亮的年轻女孩头像。

他自言自语：“你发错了。我这地方，除了给别人送葬，最好谁也别来。还粉我，我应该互粉，这是礼尚往来。”

他写了条微博：

除夕夜，室外飘雪花，面前有热茶，手上有好书，甚是惬意。××馆也有春晚，祝大家远离我们，新年平安！

微博还没有发出去手机响了，是副馆长陈喜国打来给他拜年的。陈喜国问他现在坐在什么地方，他回答是坐在传达室里。陈喜国问他不看电视将休息室的电视打开来干什么，是不是给自己壮胆。

荀西宁愣了一下，想想陈喜国有过除夕夜在馆里单独值班的经历，大概也是这样的。他笑了起来，说打开电视给死去的人看，增加点节日气氛。荀西宁还想和他聊两句，他说挂了，电视有好节目了，他在看春晚。

几乎是陈喜国的电话刚结束，桌上那部黑色的尾号 162 的电话就响了，荀西宁立即拿了起来。这时候这部电话的铃声和 119 的值班电话一样惊人，就怕高速路上出车祸或者燃放烟花爆竹有人员伤亡。

电话里没有声音，只有粗重的呼吸声，荀西宁好几声“你好！”的问候后仍然没有语音传过来。他没有马上搁下电话，在心里默数着数字，准备在数到五的时候挂电话。陈喜国说过，162 电话夜里响，大多是酒喝多了的人搞恶作剧，找刺激。

“你是 162，殡仪馆啊？”电话那头终于说话了，是个年老的声音，缓慢，嘶哑。

荀西宁说：“是的，这里是高沙市殡仪馆。我是值班馆长荀西宁。”

“哦，你还是领导，接电话不专业，为什么不问有什么……什么需要帮助的？”对方露出教训人的口气。

难道真的遇到搞恶作剧的了？荀西宁还不能肯定，他说：“抱歉，我们这个单位有特殊性。您有需要请提出来，我们一定提供您优质的服务。”

“这还差不多。”对方的口气轻松起来，“我叫左双全，你知道吧？”

荀西宁迟疑了一下，选择了说知道。在心里他马上问自己：“左双全是谁？”他知道以这种口气问人的人很自信，若自己回答说不知道，他会觉得很没面子。

“你们殡仪馆的建设立项是在我手上批的，我那时候是市领导，是我帮助你们将馆建起来的。”

荀西宁想起来了，高沙市多年前是有过一任副市长姓左。他工作的二十多年间，市政府有过多届领导，除了有政绩和今年送到殡仪馆来的，其他的他哪记得住？

“我这个时候打电话给你们有两件事。”他停下来，而荀西宁则希望他快点说，想知道他究竟有什么事情。

稍后他不紧不慢地说：“我要死了，拖不过明年。就是过几个小时以后到来的新年。”

荀西宁马上说不会的。他说：“这个，我比你清楚，预约你们是一件事；还有，就是要向你们表示道歉，”停顿了一下他说，“你们开馆的时候找我剪彩，我没有答应。”

原来他说的是这么两件事，荀西宁不敢说这位老领导喝高了，也不想妄估他此刻的心态。值此新年到来之际，他祝老领导健康长寿，并告诉他剪彩的事情根本不算什么，不要往心里去。

“有人向我汇报过，你们殡仪馆有一个人对这件事气得很，说我总归要到殡仪馆来。这下好了，我马上就要来了。”

接着他说当时不来剪彩的原因还真是怕惹晦气，现在知道自己来日无多，倒是不怕了。

荀西宁看出他打电话并不是对死英勇无畏，只有安慰他，说像他这样不怕死的人是死不了的。

他的情绪还是没有好起来，问荀西宁这话是不是真的。荀西宁说：“肯定真的，我看到的这方面的事多了，到我们这里来往往没那么容易。”似乎是为了进一步证明这一点，荀西宁说他其实也这么对自己说，这么鼓励自己的，刚拿到的医院的体检单说自己患上了肾细胞癌。

他要荀西宁赶紧住口，感谢荀西宁为了安慰他而用心良苦，但大过年的不要找这种借口安慰别人，瞎说这样的事情，会触霉头的。荀西宁说真是这样的，尽管还没确诊，他不抱有奇迹发生的幻想，只要求自己要有好的心态面对。

他谢谢荀西宁，还是不相信荀西宁说的。他拜托荀西宁记住他，以后他来的时候照顾一下，就当作提前找荀西宁开了后门。

荀西宁安慰他，说到那时候怕是还要老领导提前来提醒一下，时间长了哪能够记得住。

他说荀西宁这句话说得真好，哈哈大笑后挂了电话。

5

九零和围巾女孩步行到一个小区门口，女孩掏出手机打电话，让父母下楼接她一下。

走过几幢楼九零看到前面的单元门前有人站在那里向他们这边望着，是一对五十多岁的男女，正想问围巾女孩是不是她父母，围巾女孩慌忙将九零拉到一边。她小声、急迫地对九零说："快告诉我你名字，要不我爸爸会以为你是坏人。"见九零疑虑的样子她声音小下来："我爸爸是警察，最喜欢盘问人。不过你见到他可以保持沉默。"

九零不知道怎么回事，倒是跟着她紧张起来，结结巴巴地说了自己的名字。

围巾女孩又交代他："我们过去时，你对他们要有恭维的笑容，这关系到两位老人过年的幸福指数，你不要太残忍哦。你要有礼貌哦！"

九零不解地问她："你爸爸妈妈都是当官的呀，喜欢人巴结？"

围巾女孩嗔怪地说："不要问这么多。"紧接着她"哎哟"一声说，"路这么滑，麻烦你扶着我一点。”

围巾女孩不由分说地挽住九零的胳膊，九零满脸堆笑地和她向两位老人走去。

围巾女孩脆生生地叫了“爸、妈！”她妈妈疼爱地说：“果果，终于等到你回来了，不对，不对，是终于等到你们回来了。妈心焦得在家里直打转，怕你路上着急，你爸爸不让我给你打电话。”

九零有点奇怪，围巾女孩的妈妈在说话的时候目光始终落在他的身上，她爸爸好像也是的。觉得围巾女孩还真的没有瞎说。

围巾女孩拉了九零一下，对她爸爸妈妈说：“这是我朋友苟九零，你们就叫他九零。”九零礼貌地跟着说了声：“叔叔阿姨好！”

围巾女孩父亲和九零握了下手，母亲则说：“你好，九零你好……我们快上楼，赶紧吃年夜饭。”

九零说：“谢谢叔叔阿姨，我要赶紧回家，我父亲是一个人，我得陪他。”围巾女孩赶紧帮腔说就是的，也都打过几次电话催了。

围巾女孩父亲又拉起九零的手握了一下说：“好，九零，我和你阿姨都是讲理的人，不勉为其难，明天你再过来。”

“我……”九零困惑地不知道说什么好。

围巾女孩过来要过九零替她提着的包，亲热地说：“赶紧回家吧！”

九零礼貌地告别，转身离去。围巾女孩父母满意地看着他的背影。

围巾女孩得意地对父母说：“让我带男朋友回来过年的任务我完成了吧？”

女孩父亲说：“部分完成，算是在个人问题上有追求了，有进步。”

女孩母亲说：“小伙子眉清目秀，身条子也高，不丑不丑！”

围巾女孩说：“何止是不丑，是高富帅。”

女孩父亲有点疑问，他问女儿：“刚才，这个叫什么九零的，说他父亲一个人，果果，你要弄清楚他这个单亲家庭是怎么形成的，是父亲不好还是母亲不好，这方面似乎是有影响的……”

围巾女孩推着上楼梯的父亲后背说：“快走，快走，真烦人啊！”

6

有摩托车的轰鸣声传来，荀西宁擦了一下面向馆前路的窗户玻璃，看到了远处的灯光和在雪地里慢吞吞开过来的车影。他知道一定是窦亚过来了，赶紧穿上大衣，拿上手电筒站到门外去迎接。

待窦亚走到面前，他打开门，问窦亚怎么不在家过年。

窦亚说年夜饭是在外面酒店吃的，父亲给他在酒店订了房，让他不要回家住了。解释是多余的，他知道是怎么回事。

荀西宁拍了拍窦亚湿漉漉的肩膀，说窦亚这是有意要来陪他的。窦亚说不是。他把摩托车熄了火，一直坐在车上不动。荀西宁知道他肯定还有什么心事，要他回宿舍去看电视，想聊天的时候再过来。他点点头，启动车往后面缓缓开去。

雪已经下得覆盖了路面，窦亚这时候开车过来很危险。他也只有殡仪馆这个去处了，父亲和母亲离婚以后母亲又组成了家庭，他父亲一直认为窦亚做殡葬工是和他斗气，是报复他。他被父亲拒之门外，也不好去母亲那里。

荀西宁忽然急切地想知道在扬州的九零和白砚，下午就希望他们能够有一个电话过来，可一直没等到。打九零的电话竟然一直是忙音，后来干脆打不通了。

荀西宁拿出烟花爆竹做准备，并找到了一只打火机，他要以此来迎接新年。

以前馆里从来没有在春节放过烟花爆竹，他今年就是想放一下，上午他从医院出来更是坚定了这个念头，他要跟自己拗一把。体检单其实是可以年后去拿的，赶上节前要到医院看望住院的退休职工，这就让自己提前知道了。其实也无所谓，在殡仪馆，天天都在别人的悲伤里，现在只是又加上了自己的一份而已。

正想着要不要将窦亚早点叫过来，和他聊聊再一起放了烟花爆竹，兴许他就快乐起来了。

馆门外响起了敲门声。荀西宁擦擦窗户朝外看，不知道这时候还会有谁过来。

他一惊，看到竟然是浑身落满雪的九零站在外面。他赶紧开门，看了一下九零的身后。没有白砚，馆前路上留有一长溜歪歪斜斜的脚印。

进到室内，九零跺跺脚，拍掉身上的积雪，嚷嚷着赶紧找些东西给他吃，肚子快饿穿了。年夜饭有剩下的，荀西宁赶紧拿到微波炉里去热。九零说吃什么都行，就是要快。

热饭菜的当儿荀西宁问九零："白砚呢？"

九零说："她啊，只怪我们在扬州的小巷里乱逛，看到家家户户都忙碌过团圆年，杀鸭子宰鹅，回宾馆一下子就觉得无家可归，心情马上坏了，她哭哭啼啼地要马上就回家，说扬州再好也不如家好，要回家和父母过年。我是把她送到扬泰机场以后赶过来的，一路折腾，手机又没电了。"

荀西宁问儿子是不是跑家里扑空了。九零狼吞虎咽地吃了两口菜，口齿不清地说："你还能去哪里？我还能回哪里呢？"他笑笑，"知道你在这里。微博上知道的。"

荀西宁不敢相信："知道我有微博？"九零说："知道，早知道了，我都粉了你。我请人家给你私信了，告诉你我要过来。"

荀西宁说这是他感到纳闷的一件事，一个女孩的微博发私信叫他爸爸，他以为错了，又不好回人家。"是白砚发的吧？"他问儿子，不等儿子回答他就笑了笑，摇摇头说，"她对我没这么亲热。"九零说是另外一个女孩，他们同车的。

“爸，你不要可怜我噢，我不是被人家甩下的，白砚可是央求我和她一起去东北的。我没有同意是因为，她有她的父母，我没妈了可还有爸呢。我爸在哪里，哪里就是我家，哪怕它是殡仪馆，我也要过来。把这里当家也不是不可以，和你一样，以馆为家。是不是，好不好？”说着他脱下羽绒服，从怀里拿出一瓶红酒递给父亲，“以为能够和你一起吃年夜饭的，特地在路上买的。”

“爸爸再和你一起吃点儿。”儿子让荀西宁有些感动，他洗了两只杯子说，“没有高脚杯就用茶杯吧。你陪我喝酒。”

九零不敢相信：“我和你一起喝酒？让我升级了，可以喝酒啦？”

荀西宁说：“是的。”

九零见父亲要给他倒酒，赶紧要过酒瓶，他给自己只倒了浅浅的一点。荀西宁不满地说：“你的，倒到和我一样，不要装了，不要像喝水一样就行。”

荀西宁端起杯子，腰好像又隐隐地有点疼，他挺起腰杆说：“儿子，让你到这个地方来，委屈你了吧……”

九零说：“到殡仪馆来度过这么一个除夕夜其实挺好的，替我发私信给你的那个女孩死缠着我，要一起过来呢。”他四下里看了看说，“一点也不觉得这是个阴森的地方。往这边跑的路上我心里突然想，人不能到这里来时什么都没有了，人生要有作为，要在世界上留下物质的痕迹。所以我鼓励自己来年要努力，要奋斗。”

九零和父亲碰杯：“爸爸，新年快乐！”荀西宁将杯子迎上去说：“新年快乐！新年吉祥！”

喝过酒，吃完饭，荀西宁拿着手电筒要到馆里去巡查一下，九零一定要跟着。

九零对父亲说：“爸，有件事你不要在意，你年初调到殡仪馆来工作的时候打电话告诉我，我当时问你到这样的地方上班难受不难受，你说，难受。我也是难受的，所以才问这个问题，问这个不应该问的问题。”

荀西宁：“一直希望你长大，又一直不敢相信你长大。平时和你打电话，想和你商量事情，你听了总是哼哼哈哈的，就连爸爸和朱阿姨准备领证这么大的事情，告诉你，你也只‘嗯’了一声表示知道了。”

九零：“我不敢相信自己能替爸爸主张什么。”

荀西宁：“这就是个问题，我们少交流。我还一直向往我们多年父子成朋友的那种境界。”

九零：“爸，你是我唯一的亲人。今晚我就是要跑到这么个地方来，有你在我就有到家的感觉。”

荀西宁：“现在你或许是这样，你结婚了就不是了。你要把爱人，在婚姻里、在你组织的家庭里，当最亲的人。这是必须的，这样你就能过得很好。”

九零：“嗯。”

荀西宁：“又‘嗯’了。”

九零：“你现在有了朱阿姨，还想妈妈吗？”

荀西宁：“想！”

九零：“我又问了不该问的问题。”

荀西宁：“没事。你妈妈出事以后，你问我，为什么不是我送奶奶去姑妈那里。我回答你，因为爸爸单位有事走不开，还有一件没说的是，那天你妈妈买了带鱼，你只喜欢我做的油煎带鱼，你妈妈交代我，你下晚自习回来一定要吃上。没有告诉你，是怕你更难过，会自责，会背上包袱。其实，如果我去的话，事情或许不会发生，车开得慢一点或者快一点都不会在那个弯道遇到开疲劳车的山东司机，我和她处理险情的方法也不一样。事后做各种推想，说什么话都没有意义，无可挽回，没有后悔药可以吃。现在想来，你好多时候心里有答案还问我的事情，是要一个证明，是不是？”

九零:“嗯。那时候我小，以为爸爸妈妈非要死一个，现在要我做这种选择，我宁愿这种祸事摊到我而不是你们身上。”他停下来，望着父亲说，“爸爸，我们都要好好地活着，真的不要再有什么不幸降临到我们身上了。”

荀西宁沉默了，默默地将儿子带到火化机面前。

他说:“死是自然规律，每个人自打出生就是一个向死的存在，没有谁能够不死，只是生与死不应该是一个点与点之间的直线，而应该是一个尽可能的圆，生命即使没有长度也可以有宽度和厚度，用这个圆来体现圆满和充实。那样才是有价值的生命吧。

“你曾经说过，人要在这个世界上有所物质留存，要对社会有贡献，这是必须的，这是体现人的尊严和生存的价值。

“到殡仪馆来工作以后，我思考过很多，刚才在你过来之前我也在想，撇开那些大而化之的思想、理想，我们在家庭、在小我之间也要有留存。

“怎么留存了？我要录一段视频留给我未来的孙子或者孙女，让他们看到爷爷的模样，知道我盼望他们降临人世和爱他们。当然，如果我看到你结婚，能够看到你的孩子出生那是再好不过的事情，我一定要亲亲小家伙粉嫩的屁股，争取活到送小家伙上学，接他放学回家……”

九零:“我打断，我结婚，我有孩子，这些都是肯定要在我们生活中发生的，我们一起参与的，你活到九十岁、百岁，都能看到你孙子结婚……”

荀西宁:“哦，考虑一下自己的后事并不是坏事，起码能够在人生的最后阶段把控住一些，将希望做的，做到一些。

“在这里工作，看到人家的殡葬，我就想我将来一定要环保。我现在交代你，我的骨灰先装在一只百元的经济适用型骨灰盒里，以后分成N份，装在可以在土壤、空气、水里降解的袋子里，在我们这里的高宝湖里撒一半，其他的由你带到你去的，那些我再也无法光顾的城市，伴着你和子女以后的生活。

“你要是大学毕业后在南京工作生活，就将我的一份骨灰树葬在那里，我喜欢南京这座城市遍植的挺拔的雪松；你要是到武汉，我的骨灰就江葬，我一直想到浩浩荡荡的长江里去畅游；你要是到广州，我的骨灰就海葬，大海是人类的故乡；你要是到东北去，这极有可能，我的骨灰就到林海雪原里去雪葬；要是你到北京或者上海，我的骨灰就空葬，伴着花瓣播撒向最伟大和最繁华的城市上空……”

九零目瞪口呆地看着自己的父亲，看到他近乎沉迷地在说自己的后事，说得神采飞扬，说得像是在勾画他人生美好的蓝图。他不解地问父亲：“你说这些干什么，我们在殡仪馆就一定要说这些吗？”

荀西宁：“一定要说的。爸爸在设计自己的死亡。”他停下来，看到儿子有着不可思议的表情。

“要告诉你的是，爸爸的身体有点不妙，查出了癌症。你不要难过，现在有这种病的人很多，也不会一得了这个病就要死。我知道这件事后也在调整自己，我刚才还劝说了一位怕死的老干部。我现在能平静地对你说这件事，是我真的想通了，我知道怎么去面对，去治疗，去体现生命的顽强。

“好了，对你怎么说这件事还曾经是我的负担，这下子我彻底轻松了，你要拿出一个好的姿态来支持我。我不希望你从今往后在我面前一脸悲情，你脸上要有阳光，要有笑容，像白砚那样在生活中总是感受到愉悦和快乐。因为你年轻，你健康，你拥有着生命给你的一大笔财富，你是高富帅……这就对了，笑起来。和我一起平静地对待，心平气和是一种多好的状态。”

他抬起手臂看看腕表：“新年的钟声要响了，我叫窦亚来，我们一起去放爆竹，放烟花。我给馆里的全体员工群发恭贺新年的短信，你知道是什么内容吗？不是在网上下载的，是我动脑筋想出来的。”

九零点点头：“我知道，在传达室看到你写在纸上的草稿了。祝大家新年里办理公益，主持快乐，告别不愉快，火化不幸，引导新生活。”

“多好的句子啊，都是我们的专业术语。”荀西宁乐呵呵地拿出手机。

重归苏莲托

1

他和她坐进施家胡同的小饭馆才下午四点钟。

她一直透过窗户看外面。有那么几次，他随着她把目光投向窗外，也偷偷地瞄过她几眼。她留意的是住地下室的那些女孩。她们在周末，大都睡到这时候起床，跑到就近的超市买即食食品，一盒凉皮，几块关东煮，或者就是泡面和火腿肠。她们懒懒散散的，好像这个小饭馆不存在似的路过。她有一两次笑了笑，似乎无奈，视线里什么也没有。上一个周末，在地下室的入口处，她也这么笑了笑。然后，他上前与她搭讪。

服务员递过来塑封的油腻菜谱，她看都不看，点了酸汤肥牛，要求多放水氽过的金针菇。他埋头在菜谱里，半天也没有点出一道菜，她建议："点一份鱼头泡饼，干锅菜花也不错。"他说："好好好，再加一个酸菜肉丝。"

菜很快上来，抢味的酸菜让她轻咽，她挑了一筷子金针菇，放在调羹里细细吃。他注意到，她还是不时地将目光送到外面。这样，他吃得很无趣。

"吃完饭想不想一起去地下室看看？"听到这话他连连点头，一口菜还在嘴里，含混不清地说好，马上放下筷子。

她把一张百元钞票放桌上："我们 AA 吧？！"他说："我来！"她说："不用！"服务员看看他们，想笑，目送他们出门。

进了小区，他快步走到她前面，五号楼的地下室门口，他率先走进去。下了四五级台阶，回头招了一下手，身后踢踏的脚步声跟着靠近。他说："我当时不常住这儿，单位有一大间宿舍，空调冰箱都有……"她不吭气，没听见似的，见他回头，才"哦"了一声。他补充道："我女朋友住这里。"她还是不说什么，鼻翼翕动了一下，讨厌的拖把味道，他没有在意。

地下室的第一间是传达室，有一面大窗，可以看到进出。外面也看得到里面，带了什么"违禁品"进来的租户，或者老板娘不欢迎的外来访客，都会怵这个窗口。他们走近这里时门掩着，电视开着，对面的盥洗间也没有涮拖把的声音。

她轻声问："碰到老板娘怎么说？"他说："看房子的，我们想租。""噢。"她有点兴奋。

地下室利用的是地下车库或者人防工程空间，依靠那些方形的水泥立柱，用单薄的木楞搭成笼子状的一个个小间，覆上木工板或者石膏板，再装一扇门。大的可以放一张床，一张桌子，一个简易组合衣柜；再能够放一张折叠椅，就是超豪华间。

她指着一间，从两扇房门的间距看，里面应该面积很小。她说："一般人刚住进来挑最便宜的，有一张床睡就行，以后就想调大的，方便一点后便又想舒服，只要有腾出来的房间，就要与自己的比较。搬家不算什么事，反正东西很少。"

隔两扇门的那间门开了，探出一个毛寸头，露出一张中年男人的脸，他不说话，瞪着眼睛。她赶紧打招呼："抱歉，打扰您啦！"毛寸头慢动作地缩了回去，关门的声音很响。

他轻声说："这是间闲着的！"她说："我们走得近一点，你不要跑得那么快。”

“你们找谁的？”身后传来不轻不重、不缓不急的一声。

他们齐刷刷回头，见到一个胖乎乎的年轻妇女，手里拿着拖把，拖把头按在地上，脸上有一种近乎讨好的笑。他毫不迟疑地说：“我们来看房子，你有没有空的？”她跟着补充：“麻烦你——老板娘，能不能让我们看看？”

“好的，好的！”被称作老板娘的女人把拖把戳在拐角，转身去拿钥匙。他感觉她不是老板娘。她身上没有一样好东西，地下室的老板娘穿得再土，也会有金项链、好手表或者是一双来历不明的洋气皮鞋。果然，拖地的女人拿钥匙过来说：“老板娘打麻将去了，有几间空着，我帮你们都打开，由你们挑。”

她笑了笑，对他点点头说：“那我们看看吧，看有没有中意的。”

他很认真地说：“大姐，请你把打开来的包间介绍介绍，租金多少，之前住过什么人。”胖大姐说：“好的，好的。”她把手里的钥匙圈摇得“哗啦啦”响。

他们看了七八间闲着的，他在每一间嗅嗅鼻子，挑挑不满意之处，而她则一言不发，环顾一下四周，有一种漫想的表情。胖大姐问了他们好几次，中意的话什么时候能够住过来。他们都没有吭气，他是懒得再编谎话。想不到的是，她在临走时对胖大姐说，她很快就会住过来。胖大姐让他们过三天再来办手续，那时她就是这里的老板。她把这里盘了下来，已经交了定金。

还没有走出地下室，他就问她住过来是不是真的。她说是真的，肯定的。还问他有没有兴趣一起来。他蒙住了。

她说：“我们一个人租一间。算体验生活，算忆苦思甜，怎么样？”他看出她的期待，说：“好吧，好玩！”她笑了笑：“也可能不好玩。”

“那就租最贵的那种包间，一千元一间的，有两间好像还紧靠着。”他建议。她说:“不要最好，也不要最差的，租六七百的。”

他向她伸出手掌，他们击了一下，看看对方，他们又击了一下。

2

两个人周六上午十一点在地下室前面的紫藤长廊会合。

她说:“你还不知道我名字，你可以拍一下我的身份证，当然，我也想看一下你的。”说着把身份证递到他面前。他没有接，慢吞吞地从钱包里拿出自己的身份证:“我叫王武林。”

她接过身份证，真的用手机拍了，而他只扫了她的身份证一眼。她问他为什么，他说:“已经记下了，黄柠，江苏人，生于1985。”

胖老板娘喜滋滋地告诉黄柠，这两天接连来了三户。不过，黄柠是第一个叫她老板娘的，她要对黄柠特别优惠。王武林没吱声，老板娘冲他一个花色笑容，说对帅哥更优惠。

他们把空着的包间看了一遍，照黄柠的想法，最好是那种离得不太远，又不靠一起的。符合这个条件的已经没有了。看好的两间胖老板娘说优惠价八百。王武林看看黄柠，说七百的话成交。黄柠点点头，胖老板娘说要交两个月的租金，预付一个月，押金一个月。

办了手续，王武林要胖老板娘用84消毒液将两个包间消一下毒，他细致地要求:“用传达室浇花的水壶四下里喷一下，关上门，一个小时以后打开来通风，再过一小时打一盆干净的自来水将床和桌子擦干净。”做这些是有酬劳的，王武林付给她五十元。

利用这段时间，他们去吃饭的小馆子对面的超市买生活用品。因为是夏季，要买的东西不多，男士的用品更是比女士简单。他把要买的几样买好后便跟在她后面，看她挑东西，只是走到妇女用品那片货架时离得远一点。他提醒她不要忘了多买几只晾衣架，她问他，过去的女朋友是不是有很多晾衣架。他微笑不答，自然地想起那个叫荟子的女孩。

尽管有前面吃饭的AA制，到结账台前时他还是掏了银行卡给收银员。她没有诧异，对他帮她付款不置一词，埋头将物品一样一样打包。

出超市，他觉得她对他的态度温存了很多，她问："我们这时候是不是回家？"他说："是的。"她莞尔一笑。

晚上他们仍然在那家小馆子吃饭，结账时看着他从钱包里掏钱，她问他："你是不是开始讨好我啦？"他头也不回地："是的，有点！"

从小饭馆出来，他想和她并排走，甚至希望和她亲昵一点，哪知道走到一起时她总是快走两步，保持着两个人的距离。她说明天晚上她请他吃饭。他问明天中午怎么办，她说中午可以不吃，可以一直睡到下午三四点，他摇了摇头。

下地下室台阶的时候，她说现在的地下室手机有信号，有无线Wi-Fi，不过她还是想过原来的那种地下室生活，不用Wi-Fi，不用手机。她建议，两个人在地下室里把手机调到飞行状态。他犹疑了一下点头。两个人分别进自己的包间，也算是房间。他把门虚掩着，心想她会过来坐坐，有什么话说，或者有什么事自己可以帮她做做。好长时间她那边都没有反应，凝神听隔壁，一点声音也没有。进房间她就睡了？不会吧？！

他去盥洗间，在自来水池子面前脱下袜子，抬脚到水龙头下洗了洗，然后用水抹了把脸。他对自己说："王总，你堕落了，到这种境地。"身后一个披头散发的女孩进来，看了他一眼，"砰"一声重重关上洗手间的门。他知道，这有警告的意味，作为回应，他吹着口哨离开。

进了房间，胖老板娘喜滋滋地跟过来，站在门外和王武林说话。她说她看得出王武林很高兴。她撮圆嘴唇，嘘了一声，说就是吹不出哨音，背着人不知道练过多少次。王武林朝黄柠那边努努嘴，小声建议她到传达室去说。

到了传达室，老板娘拿了一瓶矿泉水给王武林，说她并不是因为冷清才去找王武林唠嗑，与租户搭搭话是种习惯，可以看看室内有没有偷用的大负荷电器，像电磁炉什么的，也要制止私拉电线乱接电源，安全很重要。这里的人可坏了，Wi-Fi免费是没有办法的事，前面的老板娘说，起先收费二十块钱一个月，不知道哪一个缺德鬼，把密码写在纸上贴在外面的墙上。

她说她相信王武林和黄柠都不是那样的人。王武林只听不说，偶尔微笑表明一下态度。

“住我们这里很便宜吧，只合二十多块钱一天。看个电影，坐进去个把小时还要几十块，北京的房子这么贵，打死我也不在北京买房，就北京这种物价，这种空气，我才不在这里住一辈子，聪明人找地下室这样的房子住，赚了钱回老家买大屋，买别墅住。”说着她快乐地大笑起来。

王武林不想听她这么说下去，说到房子他难免沮丧，或者说就是一种刺激。他装着打了一个哈欠，接着真的哈欠来了，一个接着一个，他在一个个哈欠中摆手离开。

躺到床上，身体下面“吱呀”一声，他又试了一下，确定是床架发出来的。重重地压了几下床，看是个什么后果，还好，声音倒是小了一点。倒下来脸朝外，看到过道，他一弹身起来关上门，插上插销。

再趴到床上去，他掏出硌他腹部的手机。手机一直在静音上。他并没有照黄柠所说的去做，大概绝对不会。他一直希望有一个人来电来短信，抑或微信。他和她熬着，僵持着。他想，她大概还以为他住在门头沟的哥们儿那里。她要知道他在地下室住下了，会是一个什么态度。

睡不着觉的时候，他有一个对付的法子，戴上耳机听陌生的音乐。与她，就是刘柳，在一起后这个法子用不上了，她扯过几次，下手一次比一次重，她讨厌他听不到她对他说话。现在好，他没有了这种管束，戴上耳机后很快就迷迷糊糊了。

夜里，门被敲响，他应声后听到黄柠在外面轻声说，她说要上洗手间，一个人害怕。

打开门，看到睡眼迷蒙的黄柠，她穿着空心睡衣，胸前两坨圆鼓鼓的乳房晃荡了一下。

黄柠进卫生间时门关得很轻，夜里静，他听到细小但很清晰的水流声，不久后是轰然的冲水声，随即是门扣的“咔哒”声。

他睡意全无。

3

周一上午两个人都出去上班，到下午四点多，黄柠打电话问王武林晚饭怎么安排的，他不假思索地说单位有应酬。她说这样的话她就不吃晚饭，刚好减肥。能感觉到她的失望，他建议两个人拼伙做饭，总是在饭店里吃不是个事儿。

她说：“那多麻烦。还要买锅买碗洗锅抹盆的。”他说：“过去我可是每晚都在那里做饭……”电话那头一下子没有了声音，一会儿她说：“挂了吧。”

晚上他其实没有什么安排。手上做的一本书的封面急着要出片，偏偏修改的内容不干净，在闹离婚的美编心不在焉，你让她修改两处，她能改了这处错那处。他在单位忙到七点多钟离开。

夏日的施家胡同晚上很热闹，有两个推车卖麻辣烫的，一个烤火腿肠和面筋的。胡同的两头各有一家烤串店，整个胡同里灌满了腥膻味和孜然辣椒粉混合的煳味。这种味道让人特别想来一瓶燕京啤酒，仰着头灌下去。温习食物记忆的结果往往是勾起食欲，他在胡同尾的那家要了十个肉串和一个烤馕。把一瓶冰的和一瓶常温的啤酒兑着喝。用两块馕夹住撸下来的烤肉，吃起来特别香，馕吸收了肉串的油脂，一点也不觉得腻。他把每一支串的铁扦头都用纸巾擦一下，这是刘柳教的，很有道理，那部分搁在炉沿上，黑乎乎油腻腻的。他不愿去想刘柳，可每天总有几次想到她，各种各样的缘由勾起。与一堆陌生人在一起吃东西很豪放，烤得焦脆的馕磨破了口腔。往小区走的路上他才意识到，烤馕抹的是大豆色拉油，嘴里似乎还有一股难闻的豆腥味。

回到地下室，见黄柠的门关着，他便动静很大地开门。进门后把喝剩放在床头的半瓶矿泉水扔进纸篓里，一转身，黄柠站在门外。

“老板娘晚上问到你两次，她说帅哥二字带口音，听起来更像是衰哥。”她学胖老板娘的口音给他听。他没有觉得好笑，感觉她在没话找话说。

“你牙上有一颗芝麻粒儿。”她用手指在上唇示意了一下。他抿了一下嘴唇，感觉到是一粒孜然，吸溜出口水把它咽了下去。

他说：“看你这样子，不至于没吃晚饭吧？”她说：当然不会。这里做饭的人很少，晚上送外卖的川流不息。他“哦”了一声。她转身说回去看书了。

他听到她关上门，还伴有“咔嚓”一声。他也把门关上，倚靠在床上翻了一会儿手机，朋友圈看到“老树画画”的一幅图，觉得好玩随手转了。一位笑盈盈的男猫嘴里衔一枝鲜艳的花，双手交抱胸前。配文特别有意思，“只跟花儿作伴，不与傻逼为伍。”

很快就有一串朋友的点赞，有一位问：“怎么啦？”

他马上删了。他本来没有用意，朋友这一问，让他忽然担心刘柳看到。他甚至有点懊恼，又想到刘柳。他转移注意力，想到隔壁去。她居然看到他牙齿上沾的一粒孜然，当时他不好吐了，只有咽下去。她的晚餐叫了外卖，他猜想她会点什么呢？

板壁响了几声，声音轻微，他蜷起中指叩了两下，板壁没有回音，门却响了起来。打开门，黄柠斜着身子移过头来，说她不进来，想和他聊聊。他扬了扬手机:“微信聊?”她摇摇头缩回身子。

板壁又响起来,接着听到她在那边说话,声音很微弱,有些变形。他把耳朵贴在板壁上,听到了她的笑声,她说他是坏人,说话不算数,不关手机。他回她,从来没有被人定义过是坏人。他让她等一下,拿过一只空茶杯倒扣在板壁上,再和她说话,声音大了起来。他建议她也拿一只杯子试一试。她说真管用,土制的音效放大器。问他跟谁学的这个花招,以前有没有用这个方法窃听过谁。他告诉她,在小说里看的。

他欠了欠身子,让自己躺得舒服一点。“黄柠,你想象一下,我俩现在的画面,剖面图。日本有一个画家叫河童,他作品的特色就是‘窥视’的剖面……哈哈……”

她为他们隔着板壁的这种聊天起名叫“隔壁聊吧”。他们聊到了凌晨一点多,围绕他们唯一的、共同熟悉的人——胖老板娘。她学老板娘的口气,口口声声喊他“衰哥”,他们猜测胖老板娘的老公是干什么的,结论竟然是一个建筑工地上的小工头。

他没有倦意,两个本来陌生的单身男女,居然因为都曾经在这个地下室住过,又住回到这里来。他不由得想,这会不会是一段故事的开始?黄柠是一个什么样的人呢,她说过住后现代城,应该是有很好的职业和不低的薪水。她说她住过这里,好像又不太像。

他觉得她今天的一句话值得去想:“住来两天了,我怎么没有那种孤单的感觉,需要怜爱的感觉?”

4

晚上,隔壁聊吧开始。

“我们一起讲讲地下室的故事吧,我讲我过去住这里时遇到的,看到的，听到的。我讲一晚上，你讲一晚上。”

王武林问黄柠谁先开始，她说她提议的，她先来。王武林说：“鼓掌欢迎！”

她没有立即就讲，那边传来窸窸窣窣的声音。王武林耐心等候，好一会儿她大声说：“我讲了。

“我要讲一个男孩，这个男孩住在 17 号房，就是靠盥洗间边上的那间。他长得很帅，形体很健美，一套深颜色的西装熨帖地穿在身上，每片衣料都像是贴身上裁缝出来的。每天他拎一只电脑包出门，晚上再拎回来。他要是从高档住宅出去，人们会以为他是哪家公司的白领，从地下室出去，也就只能想象他是干房地产中介之类的。他不喜欢与人说话，一大段时间里谁也不知道他干什么。

“我一直想搭讪他一下，看他拒人千里的样子也就算了。背地里我给他起名叫‘洋葱’，他每天做饭都毫无例外地用一只洋葱。那时候，盥洗间的前头放一张长的木桌，搁两台电磁炉，每台炉子配一只炒锅和一只汤锅。要做饭的排队使用，做完了通知老板娘看电表，一度起算，每度两元，够黑的。他每天都用做意面的做法做猫耳朵。猫耳朵知道不知道？一种揪成猫耳朵形状的面疙瘩。他从房间里出来，一手端着盘子，里面一只大的西红柿或者两只小的，洋葱不管大小永远一只；另外一只手拿一袋猫耳朵和一瓶橄榄油。这时候他不是西装男，而是穿一件医生的白大褂，做饭时从衣服口袋里面变戏法一样变出盐、鸡精、胡椒粉等，还有一把锋利的水果刀。只要他做饭，我都要看。他不用切菜板，在盘子里用水果刀划拉几下西红柿，看着是整的，放锅里就成了碎丁。洋葱也这样，刀划了以后在手掌里捏散，像花瓣一样撒到锅里，让人眼花缭乱。跟着香味爆出来，能乱人的肠子。

“洋葱吃饭很有仪式感，一张折叠小方桌在门前的过道上放开，上面铺上洁白的餐布。他在一个矮趴趴的方形塑料凳上正襟危坐，用一把不锈钢调羹不紧不慢地——吃猫耳朵。当然，这是当别人面。在没人看见的时候，他一大勺到嘴里，腮帮子是鼓的，咀嚼的时候很生猛，我非常喜欢，男人吃东西时最性感。我是偷看，你也猜得出来呀。就洋葱吃饭这个样子，有一天被人家骂了，指在脸上骂。

“那天晚上洋葱一如既往，摆桌子吃饭，吃得慢条斯理，吃得怡然自得。可在这个过程中，他对门刚住进来的一个女孩在哭，哭得很大声，哭得很伤心，哭得连绵不断。老板娘和几个女房客在叽咕，猜测女孩怎么了，刚毕业还没有找到工作？失恋？想什么人？受欺负、委屈、受挫？什么都有可能。

“老板娘说敲了好几次门女孩都不开。不知道什么原因，大家一致认为洋葱去劝她最合适，而且他应该主动去。老板娘向洋葱使眼色，甚至用手指着示意，洋葱什么反应也没有。他这天吃得甚至比以往还要慢一些。忍不住跑到洋葱面前的是送牛奶那家人的媳妇，她压低声音，几乎是咬牙切齿地说：‘你这个人……就这么忍心让人家姑娘哭下去？’洋葱头也不抬，意思很明了，这跟他没有关系，不是他的事。女人奉劝洋葱：‘你们都是年轻人，你们都是有文化的，你去劝她最有用……人要有同情心。’

“洋葱被面前的女人说烦了，对她，也是对不远处的老板娘说：‘这和我有什么关系呢，我和她都没有说过一句话。’洋葱用调羹将盘子里剩的猫耳朵胡乱地塞到嘴里，收拾桌子回到了自己的房间。那堆女人当中有人声音不小地骂了他一句：‘没人性！’

“事后，洋葱对人说，他当时是应该去劝劝，他没去的原因是他怕漂亮女孩，而这个女孩太漂亮，让他看都不敢多看两眼……”

王武林笑了起来，说生活中有这样的人。只是他与这种人相反。黄柠要继续往下讲，问他会不会听睡着了，就像在微信里语音聊，对方都掉线了，自己还浑然不知地说一堆话。他说不会，讲得很精彩，等着听后来的，两个人是怎么好上的。

“你怎么知道他们会好上？”她问。他说：“他们要不好上，你还有什么好讲的？所以他们一定会好上。只是我有疑问，这个洋葱，对漂亮女孩是怎么克服畏惧心理的？或许，是这个女孩主动的，投怀送抱了？”

她沉默了一会儿说：“不讲了，你都已经知道。看来，这个故事在生活中真的具有可能性。”他说：“你不要紧张，我这是反常理推测。”她说：“你狠。时间还早，我就继续讲下去吧，要是觉得无趣就敲敲板壁，我马上关节目。”

他提了一个要求，用名字称呼这个女孩。她说：“名字……就叫她焦娜吧，我不好说她的真名，她现在非常有名，前阵子几个电视台热播的一部电视剧就是她主演的，网上也有她很多的绯闻。经常上热搜。”

她继续讲：“洋葱第二天晚上仍然坐在门口吃他的中式意面。对面的门打开来，焦娜手里拿着一个塑料矮凳子，和他屁股下坐的一模一样。在她关门前的那一瞬间，他瞄见了她房间里面。

“洋葱没想到焦娜径直坐到了他面前。她说：‘我要看你吃面。’洋葱不抬头，‘噢’了一声，不吃了。她说：‘你要不让我看，也可以，分一点点给我，让我尝尝。’洋葱又是一声‘噢’。

“焦娜起身回房间拿餐具，焦娜的腰肢扭摆了一下。打开的房间又让洋葱看到了，里面满眼粉红……”

王武林说他要想象一下焦娜粉红色的房间，还笑了一声。黄柠让他不要打断。

“焦娜拿来了一只乐扣盒和一把调羹，乐颠颠坐到洋葱面前。洋葱在往她盒子里拨面时，她一点也不客气，还说多点，再多点。洋葱差不多给了她一大半。她并没有走，而是立即吃了起来。还说两个人吃东西才香，吃什么味道都不一样。

“洋葱乱了分寸，不再像以往那样有模有样地吃。以后他对一个人说，他当时就是想表现粗鲁，想那个女孩快走开，端回去吃。女孩却不，焦娜嘴里有面，含混不清地夸他吃得真好看。她吃一口就抬头看他一下。他真不知道该对她说什么。他知道她这几天并没有饿着，听老板娘和几个女人叽咕，焦娜扔出的垃圾里面尽是吃喝的盒子袋子。

“他说：‘你高兴起来啦，问题解决了？’她说没有，放下手中的饭盒，定定地看着他，突然间放声大哭，大颗的泪珠滚落。他被她吓坏了，想收桌子回自己的房间，但不知道把她的饭盒放在哪里，只能手足无措地站在那里。

“他们就这么勾搭上了！”黄柠愤愤然地总结一句，然后，语气轻松地说，“今天的故事到此结束，洗洗睡。”

一阵子沉默，黄柠敲了两下板壁，大喊一声：“人呢？”

三声不紧不慢的敲板壁回音。

男女以吃饭的名义走到一起的例子很多，王武林有切身体会，黄柠讲到最后他有点走神。

他明天给黄柠讲什么呢，说别人住地下室的事情？他其实不够了解，只有说自己的事情，说就说吧。

5

“我的前女友叫荟子，芦荟的荟。她长得不漂亮，偏瘦，不是那种让人家看了就喜欢的。对，我和她不是一见钟情，慢慢生出来的感情。你听了我讲的，也帮我想想，和她的这段关系是不是有爱情？

“她和我一起在出版社工作过，是聘用编辑，只有我知道她还保留着原单位人事关系，停薪留职。她在我们编辑室给编辑打下手，在出版物上责编处署名是没她份儿的。起初我以为她不在乎，哪知道她离开我们那里就因为这个。我们做同事时，最多的接触是在一起吃饭，她在食堂里做大家的服务员，看到谁面前少一碗汤，她端过来，见人家餐盘里没点心，她会分人家一个，还说拿两个就是替人家带的。反正就是很体贴，就连我们到饭店吃饭，她也会做很多服务员应该做的事。以至于有同事开玩笑，问她是不是服务行业出身。她对应该生气的事情总是报以微笑，但不是一笑而过，她要离开时，室主任和她谈了很长时间，意欲挽留她，她却去意坚定，对这个单位的不满，究其根源，有很多与她自己有关系。其实，也没有什么，在北京求发展的人，应聘、辞职、跳槽是一种常态。我也想在集团里调单位，往好的地方去，也没准什么时候我就去民营图书公司干去了。

“男人是不是都喜欢女人体贴？是的，除了受虐狂。不过，丧家犬也有乡愁，受虐狂也有哀愁。你不要夸我，我继续讲。

“荟子离开后一直没有和我们联系，有一天突然打电话约我吃饭，还说不是去饭店，是去她闺密家。她说：‘你星期六下午早点过来，我们计划买很多菜，等你一起来做。你不要表现得太好哦，那样我闺密会看上你，她可一直在找一个会做饭的男朋友。她比我长得好，身材丰满，杨贵妃那种。’我说我不会做饭，有现成的吃积极性比较高，做饭还不如我请她们去饭店。她怕我不去，周五又给我打电话，说就我们三个人。我觉得有意思，与两个女孩一起做饭、吃饭，其中一位还是陌生的。她胖到什么程度呢？我倒想见识一下。

“此处有笑声，或者是听众的鄙视。”王武林放慢语速说了这句，等待黄柠的回应。板壁那边回答他：“是的，都有。”知道她在认真听，他兴奋起来。

“周六我早早地出了门，中午就到了荟子给的地址附近。我在物美超市买了一袋梅干菜，在呷哺呷哺吃了肥牛套餐，吃一半时荟子来电话，要我早点过去。我进那家小区前看到一家水果店，买了些提子带过去。要交代一下，那时是冬天，临近元旦的时候。荟子给我开的门。她没有了做同事时的那种拘谨，同样的一声王老师好，语气也和原来不一样，亲热了很多。我没有见到她的闺密，听到厨房里传出‘乒乒乓乓’的剁菜声。

“荟子一声：‘戎夏，王老师来啦！’厨房里‘哎’一声，蹦蹦跳跳地出来一个白白胖胖的女孩。她的亮相可谓惊悚，手上拿着两把亮闪闪的菜刀，愣站在那里一动不动，直到荟子对她介绍我，她才好像被启动了一样，重新有了表情和动作。白皮肤的女孩很容易让人看到脸红，我看到的是，她的血液一下子从脖子根涌到了额头上。她转身回厨房，脆生生的一句：‘荟子你招待你亲爱的王老师。’我和荟子好像都没有在意她这句话。

“荟子泡茶的当儿，我不把自己当外人，跑进厨房问有什么要帮忙的。戎夏见我进来，剁肉糜的刀声急促起来，朝外面喊：‘荟子拉王老师出去，不要他看我剁肉。’荟子过来，说没我什么事，就把红烧肉做一下，戎夏买了一百多块钱的五花肉，要烧一大锅。我把梅干菜拿出来，说得先用温水泡一下，肉也得用慢火炖。荟子问我，梅干菜烧肉还算不算红烧肉？戎夏替我回答，说当然是，叫梅干菜红烧肉。戎夏不赶我走了，说要看我做，学我做。见我把肉切大块，她问我切小块是不是容易烂一点。我说大块的肉炖出来才酥烂，才有饱满的肉汁。她‘哦哦哦’，咽了一下口水。等肉烧到八成熟放入梅干菜，收汤的时候要放几瓣蒜头，蒜香焖到梅干菜和肉里才好。找蒜头时，荟子说戎夏不吃蒜，打死她也不吃。戎夏在边上直点头。我劝戎夏要开忌口，中国是人情社会，忌口有可能是人际交往中的大障碍。戎夏听劝，拿出拼一回的姿态，让荟子去买蒜头，还说菜里面该放多少就放多少。

“吃饭时我竟然有点拘束，因为我喝酒，她们不喝。为我准备的啤酒摆了好几瓶在桌上，戎夏将瓶盖都起了，我只有一瓶瓶地喝，喝到憋不住要去洗手间。这多少有点尴尬。我烧的梅干菜烧肉味道绝对好，戎夏一点也不在意蒜味，梅干菜经肉汁的喂养，加上蒜的调味，有一种特殊的醇香，荟子用生菜叶包了肉吃，吃了五六块说实在不能再吃，要出人命了。

戎夏一直埋着头吃，一声不吭，荟子和我聊的那些她插不上话，我不得不用目光不时地照顾她一下。

“吃完饭戎夏进了洗手间，门关上就传来呕吐的声音，收拾餐桌的荟子指指洗手间轻声说：‘这是消化大法，吃了再坚决吐掉。馋嘴又害怕发胖。’

“好长时间戎夏才从洗手间出来，她的眼睛因为充血而红红的，对我不好意思地莞尔一笑。我告诉她，剩下的肉分成若干小份，装进食品袋放冰箱速冻。她头直摇，说再好吃也不吃了。

“荟子送我走，她说现在住在戎夏这里。戎夏父母是他们小县城里的当官的，科级干部，当初考虑戎夏考大学到北京，在北京早早买了这处房。要是把房子卖了，戎夏在小县城里嫁人会有一笔丰厚的嫁妆，可她偏偏就喜欢北京。宁愿在一家文化公司做前台。荟子说了戎夏的情况，模仿汪峰唱了一句：‘北京，北京……’

“荟子问我为什么哑了，是不是在想着戎夏？她说男人其实都喜欢白白胖胖的女人，她要是男人也会喜欢戎夏。说着在她自己瘦骨嶙峋的手上比画：‘你看她的手指，白白的，像小嫩藕似的，一节一节的。’然后恶狠狠地说：‘你要把我喂胖，胖到戎夏那个程度。’我问她凭什么，她说凭我们是哥们儿。

“从这一天起，荟子再也没有喊过我王老师，她叫我老王。你不要笑，那时候，没有‘隔壁老王’一说。”

这天夜里，王武林被折腾得够呛，凌晨三四点被吵闹的叫床声弄醒，根据声音估计，离他住的有五六间房远。然后，又被什么地方飘来的卤肉面的味道刺激得肚子咕咕叫。到无法忍耐时，他起床去老板娘那里买方便面，玻璃窗户打开，探出一个胡子拉碴的中年男人的脸，瓮声瓮气地问：“十块一桶要几桶？”王武林嘟囔了一声：“怎么这么贵？”这男人不耐烦地说：“白天卖五元，夜里便是十元。”老板娘在里面附和：“二十四小时药房夜里卖的药也都比白天贵。”

王武林买了两桶方便面，要了开水泡上端回房间。他慢慢地吃面，留意着隔壁的反应。失望的是，她那边一点点声响没有。

第二天早上，黄柠在盥洗间里见到王武林的第一句话就是：“你要不时地用目光照顾我哦。”

王武林笑了，稍有点不自在。

6

王武林有点烦躁，生活中有可能同时上演着另外一幕，刘柳身边出现一个要取代他的男人？而黄柠接下来一天所讲述的让他多少有点紧张。

“那个女孩……就是焦娜，她告诉洋葱，她把那两天的痛哭、抽泣、哭诉……都录了下来，说以后遇到哭戏，可以拿出来复习。她还问洋葱想不想听。

“焦娜从一个小地方的戏校毕业，想到北京来发展，可在这里连一个有出息的校友都找不到。她说她就是胆大，拖个拉杆箱就来了，在小旅馆住了几天，寻到这处地下室，准备打持久战。她不会去做群众演员，不想在什么片子里做路人甲混脸熟。洋葱对焦娜说，看来她只有去走捷径。焦娜嘴嘟起来，说她才不会去送给导演睡，又说睡导演也不是容易的事，许多想入行的女孩子起初只能先睡副导演，副导演负责选角儿。洋葱说他讲的捷径是正道：包装自己，推广自己。焦娜说，那只有洋葱帮她才行！洋葱居然连连点头。我说王武林，你相信洋葱这样做只是出于同情心吗？你不要忽略我前面说的，洋葱觉得这个女孩很漂亮。”

王武林问黄柠：“洋葱和这个女孩子关系到什么程度了？他都注意到她嘟嘴这种矫情的动作了吗？”

黄柠说：“你不要觉得好笑，洋葱最受不了的就是她嘟嘴。洋葱说他决定帮焦娜是同情心使然，也还说得过去，这时候他们还没有到男欢女爱那一步。焦娜的嘟嘴让洋葱忍受不了，她的哭更是搅得他心绪不宁。他早上带着她的哭声去上班，一整天耳朵里都回响着哭声。晚上回来哭声还在，他得把哭声劝没了才能够做饭。洋葱做饭开始有花样了，而且做双份的。也不再摆桌子在外面，而是移到焦娜的房间里去吃。为什么呢？焦娜吃饭的时候对他太亲热，他不习惯，不怎么喜欢，也没有办法，在房间里吃饭她更亲昵，更嗲。洋葱怕被别人围观。”

王武林说：“看得出来，这时候洋葱已经很喜欢这个在他面前发嗲的女孩，说同情心，没有心，哪来的同情？”黄柠哈哈大笑，王武林说：“你不要笑，一个男人说女人嗲要分清真假，喜欢的女人，她怎么嗲都是可爱的。”

“王武林，我告诉你，他们这时候还没有什么过分亲昵的动作，直到他们开始接触以后的十多天。那天她哭的时候洋葱劝不住，她说：‘你抱我，抱得时间长长的……就能够将我的哭止住，为什么呢，泪水就被你温暖宽厚的身体吸干了。’王武林，你们男人是不是遇到这样的情况都把持不住？”

王武林说：“作为旁观者，作为我，根本就不喜欢这样的女性，照你的讲述，她在男人面前也太夸张了，怕嗓子浅得都要吐了。但当局者迷，洋葱对她有好感也就不会不适，情人眼里出西施嘛。”

“问——题——是，洋葱在对一个人讲到这里时，说他对焦娜绝对还没有想处朋友的那种好感。我们姑且相信吧。洋葱原来在一家文化公司做文案，编辑一份专门做演员推广的DM广告《星酷》杂志，发她们的定妆照，铜版纸印的一大本，每期都送到影视公司和一些大导演手上，他们做了几年，推出了一批新人。洋葱建议焦娜在《星酷》杂志上做一个通版，这是他所说的捷径。焦娜当然觉得好，为这个主意兴奋得跳了起来，提出由洋葱来做她的经纪人，以后片酬演出费都分他一半。让洋葱犯愁的是，焦娜根本拿不出刊登费用，而签约这家公司她又不愿意，绝不肯“卖身”。她让洋葱与公司协商，能不能由她兼职做他们的文案，抵消她的费用。洋葱知道，这根本说不出口。不过洋葱还是帮她找到了办法。让她在《星酷》参与拍摄的公益片里担了主角，通版也随片子做了，拿回来的样刊在她的床上堆满了。

“洋葱每天变着法儿给这个焦娜做饭，而她却更喜欢下馆子吃饭店，理由五花八门，连下雨、连好久没有沙尘暴都要庆祝一下。有意思的是，洋葱和她的消费实行AA制，是洋葱提出来的，他以后解释原因，说自己一开始头脑还是清醒的。他们有过搂抱以后，一大段时间里，一个多月吧，洋葱一直没有亲吻她，也没有爱抚动作。谁会相信这话呢？洋葱反复说，真是这样的。

“说到洋葱的故事，我总说他对一个人怎么讲、怎么解释，这个人是谁呢？你不会怀疑是我吧？洋葱对这个人详细地讲他和焦娜的交往，是因为这个人是他现在的爱人。

“洋葱和焦娜关系的进一步发展是他们像我们这样紧挨着住了。焦娜看她隔壁的人搬走以后自作主张，替洋葱调了房。洋葱下班回来看到门被撬，东西被搬，当然很不爽。焦娜振振有词地说，心有多大，房有多大。洋葱纠正她，心有多大，天有多大。”

王武林突然问一句：“他们像我们这样紧靠着住，也像我们这样聊吗？”

黄柠沉默了一下，说：“我给你讲的，有我看到的，更多的是有个人讲给我听的。焦娜喜欢坐在小饭馆的窗口座，托着下巴看胡同里的人来人往，她说街景就是流动的戏，过往的每一个人都是角儿。两个人一起在外面吃饭时，洋葱感觉很无趣，他认为焦娜的心思不在吃饭上。拍了公益片，上了《星酷》杂志以后，焦娜还真的开辟出事业的路子，接了几部电视剧的小配角，不拍戏的时候几乎每天出去吃饭，约她的都是影视公司的老板、签下合同的导演、想往什么影视剧上砸钱的投资人、已经有项目在启动的制片人什么的。逢这种场合，焦娜尽可能地带着洋葱，她在不同的场合介绍洋葱，说是她的经纪人，或者保镖，或者生活秘书。还有的私下身份当然不会说，他是她的厨师、性伴侣。他们住到一起了，焦娜花钱让老板娘将两个房间打通，变成一个大间。应了焦娜篡改的那句话，心有多大，房有多大。

“有一天，焦娜在饭局上要洋葱先回去，她一夜没回来。第二天见到洋葱居然一句解释的话也没有。洋葱后来对人说，先入为主的好感，使他不能够客观审视这个女孩披着悲情的过度矫情，看不到她娇媚所掩盖的浅薄。”

王武林问：“洋葱总对一个人解释或者检讨自己的行为，这个人是你，还是他现在的女朋友？”

黄柠答非所问，她说：“有的女人，有手段有心眼，会阶段性地利用各种身价的男人。当洋葱有一天觉得被利用的时候，他还算聪明，果断地与焦娜分了手。焦娜好像等着洋葱这么做似的，根本没有他害怕的哭哭啼啼，她只说了一句：‘你让我一个人，以后怎么办啊？’洋葱没有回答，心里想的是，她会有办法的。他能够做出分手的决定，就是把她看得很清楚了。”

“两个人的裂痕一定是在洋葱发现自己不被尊重时开始的，说被利用，洋葱从开始就应该明白。一个人喜欢对方，会希望在感情发展过程中改变不好的方方面面，相信爱情伟大力量的人还是有的，这不是智商的问题，也不一定与情商有关。我想问一下，洋葱和焦娜谈分手是在什么地方？”

“洋葱把焦娜约到我们买东西的那家超市，觉得人多的地方焦娜会控制情绪，他想多了。洋葱与焦娜谈了一个条件，在一起时AA制用钱，分手时BB制。焦娜搞不清洋葱的意图，有点紧张。洋葱要把两个人的钱并一起对分，讨便宜的当然是焦娜，洋葱分给她两万块钱。你说洋葱这是有病吧，脑子进水了是不是？洋葱厚道，他觉得焦娜挺不容易的，就算是最后帮她一下。出超市，洋葱说了句焦娜说过的话：‘街景就是流动的戏，过往的每一个人都是角儿。’焦娜告诉洋葱，这是她戏校的老师在课堂里说过的。焦娜拿洋葱这笔钱还有点不好意思，回到地下室给他写了张借条，说等她有钱还给他，就当作向他借的。他说不用啦，以后都可能再也见不到了。焦娜要洋葱保证，不能在她的世界里失联，不管怎么样都不要换手机号码。分手后洋葱到哥们儿那里住了几天，回来时焦娜已经不住在地下室，老板娘说焦娜住后现代城去了。

“留有洋葱手机号码的焦娜后来还向他求助过一次。那是元旦以后一个很冷的夜晚，她说她在街上晃荡着。洋葱问她是不是情绪很不好，遇到什么麻烦了。她说她把包丢了，只剩手机套里夹的一张银行卡，余额不到一百，她要洋葱借她两千块钱，说片酬很快就下来，所得税就交了两万多。洋葱说他马上给她卡里打五千。不要还了，有钱留着备用。她咯咯笑了起来，说她现在不哭了，想哭的时候让自己笑出声来。她说：‘我是专业演员，从今往后对所有人演戏，我都对你演戏了，对其他人还有什么障碍？！’洋葱没有说什么，‘哦’了一声。他已经谈女朋友了，接这个电话时，他从女朋友身边离开了半个多小时。其后，他不得不把自己的这段讲给女朋友听。激怒女朋友的是他给焦娜钱这件事，她骂了他一句“傻×”，就和他拜拜了。

“焦娜在出名以后一直要把这笔钱还给洋葱，第一次提出来时，她要给洋葱双倍。洋葱一听她提还钱的事就把电话挂了，叫她以后不要再打电话给他，当作没这件事，他不认为这钱是借的。第二次她又提还钱，要给洋葱十万块钱。洋葱一言不发，听她说了几句又把电话挂了。再后来，焦娜要给洋葱五十万，见洋葱仍然不为所动，她急了，说她想要回洋葱手里的借条。洋葱说他那天就把借条撕了，扔了。焦娜不相信，说那天到垃圾桶里翻过，哪怕一小块纸片都没有找到。洋葱说不出口，他把碎纸片扔到了便池里。知道焦娜这点心机，他对她一点好感也没有了。他说：'焦娜你以后再不要找我了，你是我的麻烦，我女朋友非常在意我们曾经的交往……'"

7

王武林觉得他的故事再也讲不下去，几乎和黄柠的故事一模一样，男主人公被有心计的女孩利用，最后分道扬镳。不同的是里面夹一个充当电灯泡的戎夏。

黄柠每天比王武林回来得早，听到他开门的声音，她便出来扔外卖食品盒，或者去盥洗间，与他说几句话，或者就只点点头笑一笑。隔壁聊时他们也有些闲话，不多。要是黄柠在王武林之后回来，通常是在外面吃的饭。板壁上叩三下是约定的通话铃音。有次王武林吹了声口哨，黄柠奚落他自制彩铃，让他很不好意思。

这天王武林回来黄柠没有开门，门缝里也没有透出灯光，没有一丝声响。到九点多，他叩了叩板壁，那边没有反应，确定她没有回来。他忽然觉得很无聊，一大段时间里只有玩手机，看微信朋友圈，看凤凰网，玩消消乐。玩到眼睛发涩。他放下手机，开始琢磨地下室里住的五花八门的人。他和这些人都没有交往，有的连点头招呼都没有。住地下室的人都心事重重，都很忙很累的样子，他们都有在这里过渡一下的想法。到北京来打拼，如果始终住在这不见天日、没有阳光、没有自然风的地方，算是什么等级的生活呢？一些成名成家的人有过住地下室的经历，他们刻意回避这段，想忘掉那些日子；也有人把它挂在嘴边上，那是标榜自己曾经的艰苦奋斗。王武林希望能有作家写一本反映地下室生活的非虚构小说，有一部拍地下室居住人群的纪录片。北京的地下室面积有多大？有多少人住在里面？应该有统计数字。地下室的治安比地面上的城中村要好，它是封闭的，可控可管束，和荟子住地下室时，他每天零点之前一定会回单位宿舍，夜里警察来查居住人口，查对身份证，盘问怀疑对象，他不想遇到。现在，他住在这里，半夜敲门心不惊，为什么呢？

这个晚上，他领略到了孤寂。自然，也就再次想到以前荟子住在这里的情况，她说过，有他陪她，她心里才安定。

到早上醒来，黄柠那边还是没有动静，他出去之前问了一下老板娘。老板娘捂住嘴笑："你的女人回不回来都不告诉你，我又能知道嘛事？"老板娘南腔北调的口音里又掩了点天津腔。

王武林有黄柠的微信，但看不到她的朋友圈，他可以打电话或者发信息问问她情况，可总觉得有什么不妥。他想了一个办法，到下午下班前发了一条短信，约她晚上一起吃饭。隔一个多小时她才有回信："谢谢。在医院里。"他问她怎么啦。她回他，没事。他问她在哪家医院，要过去看她。她说不用。

下班后王武林不想回地下室，在单位与一位喜欢煲电话粥的老作家聊了一个多小时。叫外卖的时候黄柠的信息来了，问他有没有时间来医院陪她，她在输液。他说立即可以过去，她就发来了位置，在军区总医院的门诊部。

到医院的输液室他一眼就看到了她。她朝他无力地笑了笑，示意他坐到旁边空着的位子上。她说发高烧，脚像踩在棉花上，昨天女同学陪她来的医院，输完液以后住在她那里，今天女同学出差到天津。王武林说早该叫他，遇到学雷锋的事情他都是争先恐后。看到对面一位输液的病人对他翻白眼，他压低声音，说昨天一个人住在那里很冷清，很无聊，觉得很无趣。黄柠说她也遗憾，错过了他要讲的，很想知道做电灯泡的胖丫头会和他有什么故事。他笑了笑，说还真有。

黄柠说她很想吃一顿他做的饭，用大米煮的白粥，米粒不要太涨、有浓稠米汤的那种。王武林说这个简单，很简单。黄柠催他回地下室去做，差不多半小时就输完液了。还说可以向老板娘借做饭的厨具，看来她要王武林给她煮粥的想法在脑子里盘旋很久了。王武林说尽量不用老板娘的东西，他有办法。

王武林的办法就是到超市去买，拎了好几个方便袋回地下室。见到老板娘，还是要向她借电磁炉。老板娘说，黄柠还是没有回来，这里，男男女女分分合合的事情很平常，以前的老板娘天天晚上给她讲。她劝王武林不要难过，又问他在黄柠身上花了多少钱，有没有一大笔钱搁在她那里。王武林不想和她八卦，也不想解释什么。他说他不难过，准备煮一大锅粥喝一下，睡一觉大概就好了。老板娘说王武林真特别，一般的人都是喝顿大酒，借酒消愁。她可以陪他喝，她这人心眼好，看不得别人心里难受。王武林不想与她啰唆，说自己就只想喝一锅粥，借她的电磁炉烧一下，要多少钱给多少钱。老板娘说："好吧，我替你烧。"王武林说："不要！"

王武林在盥洗间里煮粥，在掐着时间点做，做早了会糊汤。米倒下锅时，听见老板娘惊喜的声音："美女啊，你终于回来啦，小王以为你跑了，一个人烧一大锅粥，准备借粥消愁呢。"黄柠的声音不大，但王武林能够听见，她说她还是要跑的，回来拿东西，跟老板娘结账退房，说着就跑到盥洗间来。王武林让她到房间躺着歇歇，粥煮好了端过去。

等王武林把粥锅端到黄柠门前时，他忽然做了一个决定，不进她的房间，把粥锅递给她。转身他回去拿来碗筷和两瓶酱菜，还是站在外面。黄柠说："你进来啊！"他说："不用了，吃完了好好休息，有事你叫我。"

他回到房间，板壁响了，她在那边喊："我是病人，照顾我一下好不好，有点同情心好不好?！"他被抢白，连连说好，赶紧跑过去。进到房间，黄柠指着锅和碗问他：“你今天刚买的？”他说：“洗了，开水煮了，消毒了。不想用老板娘的餐具。”黄柠摇摇头，看着他替她将锅里的粥小心地倾倒在碗里，把酱菜瓶盖拧下来担筷子在上面。她心里感慨，他倒像是南方男人。

“长这么大还是第一次吃在厕所边上熬的粥。”她吃了一口，抬起头。王武林说：“老板娘不让在其他地方用电磁炉插座，煮粥的时候她一直站在炉子边上。”黄柠说她太多心了，“你也喝一碗粥吧，真好喝！你一喝就不需要解释了。我住的后现代城新开了一家早点铺，见油条炸得太大，有人怀疑是加了让油条膨胀的洗衣粉。人家根本不解释，每天早上让三四岁的女儿在大家面前吃。于是，他们家卖的什么东西就都让人放心。哎，你不会只买了一只碗吧？那样就太搞啦。”王武林说他叫了外卖，吃得很饱。他没有回答黄柠碗的问题，他确实是买了一只碗，怎么好意思承认呢？他坐在床边上，房间里只有一张写字台和一把椅子，现在是黄柠的餐桌。

黄柠小口小口地吃着一块酱莴苣，她说她是女汉子，不会被什么人的关心所打动。不过，看到王武林那么快赶到医院，她还是感动了一下。再喝上这么软乎的热粥……她盯着王武林，停顿了一下说：“我是有男朋友的，准确地说，是有未婚夫。”王武林愣了一下，说：“我也有，一个好了多年的女朋友……”黄柠挥手制止王武林。她说：“我俩萍水相逢的，说这些干什么，像我心虚似的。谢谢你到医院看我，谢谢你替我煮粥，我微信转账给你，给你发红包，不能让你为我花费……”

王武林目瞪口呆，几乎是下意识地说了句：“多大的事啊？！”这是他上大学时的室友，一个南京男孩的口头禅，这句话能够应付很多情况。

黄柠在他这句话以后默默地喝完了粥，也不用再言语。王武林替她把锅碗筷子收拾了拿走。出门时黄柠又一声谢他，他看到她的眼睛红红的。

盥洗间里，王武林扬起脖子喝下大半锅粥，洗锅前凑到自来水龙头面前把嘴洗了洗。

8

黄柠像看得见王武林醒来，在他一睁眼的当儿就敲响了板壁，她今天不去上班，让王武林把昨天剩下的粥留给她。王武林到盥洗间洗漱的同时，煮了一锅粥，老板娘笑话手忙脚乱的他和黄柠，“猫一出狗一出，白天吵晚上好”。

上班后王武林收到黄柠微信：“早上看着你放下粥锅的背影，真想从后面抱抱你。”他立即回复：“好啊！”过一会儿她又来一条信息：“也就是那一瞬间的感觉，现在没有了。”他发了一个晕的表情，然后俩人无语。

晚上王武林买了菜回地下室，为黄柠做了一碗软乎的西红柿鸡蛋汤面，炒了一盘手撕圆白菜。她夸他饭做得真好吃，问他怎么才能够把饭做好。他说主要是掌握火候，还有控制咸度。

“你真能干！那问你一个问题：一段男女关系，怎么才能够发展得很快？”她突然来这么一句，王武林的思维还在油盐酱醋上。他想了一下，也显得对这个问题回答得认真：“男女感情的进展通常会有一个节点，恰好的事件能够促进，譬如像你生病，同情和被同情都会催生感情，拉近两人之间的距离。我这么说没有别的意思，我们之间不会发生什么。”

为了把自己彻底洗白，王武林说他与荟子和戎夏的故事就说明了这一点。黄柠要听，要王武林现在就讲给她听。

“我的故事总是和吃有关，说好听一点也就是与美食脱不了关系。荟子说我：‘一个能够孜孜不倦地为别人做饭的人，一定是一个善良的人，有爱心的人。’可到戎夏也这么夸我时，荟子不乐意了。

“有一大段时间里，我几乎每个周末都到戎夏那里做饭，把我会做的菜全做了一遍。我能够感觉到荟子的不满，她再也不在桌上夸我的菜做得好，总是当戎夏的面贬我，鸡蛋里挑骨头，话说得非常刻薄。荟子还不知道，每次聚会以后，戎夏便短信和我私聊接下来吃什么，做什么，兴致勃勃，满怀期待。她告诉我，她妈妈知道她在北京吃蒜，还是吃加了蒜的红烧肉，在电话里哭了，说戎夏要是在北京不适应还是回家。戎夏说不是那么回事，是适应性更强了。她不敢对妈妈讲，吃好才能保证她在北京有起码的快乐。

“荟子在我面前摊牌，直接表明对戎夏的不满，说她那么胖还喜欢吃，吃吃吃，不怕吃成个路都走不动的巨胖子。还说我又不是什么人的私厨，更不是招之即来的钟点工。她干脆以肠胃不好为由停了三人聚会。此后的一个周末，戎夏很可怜地给我发了一个表情包，一锅水里煮一只整的西红柿和两只带壳的鸡蛋。她自嘲是笨人的西红柿蛋汤。

“我对戎夏的印象很好，胖得可爱，人很单纯，对美食追求得悲壮。我问过一个医生，他说吃下去的硬吐出来对胰腺很不好，我也想就此结束荟子所说的私厨生活，不再让这个胖女孩吃了受罪。不久，荟子找理由从戎夏那里搬了出去，让我想不到的是，她居然住到了地下室。戎夏向我打听荟子住什么地方去了，我说暂时还不知道，荟子交代我不要告诉她。戎夏说她一个人住大房子挺不适应的，我建议她赶紧找一个男朋友，她说有一个目标，得下决心。我让她赶紧，她说要下决心的不是她。

“荟子住的地下室，就是我们现在的地方，有很多人做饭，老板提供炊具，也就只能简单地烧炒炖，耐锅的菜根本做不了，房间里不允许用电饭煲，连热水器也不许用，查到违章用电罚款二百元。荟子请我去吃饭，吃她在盥洗间电磁炉上做的小炒肉、炝苦瓜、西红柿炒鸡蛋。菜做得咸的咸，淡的淡，炒鸡蛋里还有好几块蛋壳。我说以后请我吃饭可以，得由我来做。就这一句话，她先是隔那么几天请我吃饭，然后便天天请，我天天去，天天替她做。荟子很神，怎么吃也不胖。

“是的，我们关系发展了。荟子告诉了戎夏，为什么要这样做呢？荟子说她本来真的对我没那么有好感，戎夏总是在她面前提起我，先夸我做的菜，然后便只夸我这个人。

“你不要笑话我，我和荟子的交往在吃饭做饭之间，就连和她的接吻，感觉也像是一起吃一道菜。以后，她说我身上净是菜的味道，好吃的菜。还说，只要有好吃的，就能够体会到生之喜悦。

“是的，这是鸡汤文的语式，荟子喜欢读鸡汤文，还想编出一本这样的畅销书。”

王武林感觉到在黄柠房间里叙事环境的不同所带来的压力。在他讲述的过程中，黄柠听了他的建议坐到床上去，后来倚靠到床头上。而他坐在房间里唯一的一张椅子上，也为了舒服和放松一点，骑在椅子上双手扶着椅背，直至抱着椅背，下巴搁在椅子的搭脑上。这样的姿势，身体放松，心理上却怎么也放松不下来。她一直看着他，像课堂上的小学生。隔壁聊的时候，只要她不插话，他可以一直讲下去，现在不行，他得照顾到她的神情。

到他说“今天就聊到这里”时，她没有动弹，还保持着倾听的姿态。她让他说说胖女孩戎夏，他与戎夏后来的故事。他说没有故事了，此后与戎夏断了联系。她叹了一口气说：“也是。生活就是这样，在北京这样的大城市里有许多人萍水相逢，那些曾经相识的人，过那么一阵子，丢了手机可能就永远失去了联系。也有可能，在地铁站或者餐厅遇到，滚梯一上一下，抑或身边有伴侣，连说话都不方便，只有失之交臂。说不定有喜剧性的相逢，你再看到戎夏时，她已经有了孩子，一个她的翻版，白白胖胖的小戎夏，让孩子叫你叔叔还好，叫你舅舅，让你寻思几天，她这是什么意思？”

王武林说，要是遇到这样的情况，他一定要抱抱这个小胖妞。黄柠盯着他笑了笑。

他对黄柠说的不是真话，他不想讲他与戎夏后来的事，有点复杂，拿不准黄柠会怎么想。

戎夏在之后找过王武林一次，请他帮忙做一次饭，并要求他不要对荟子说。她对王武林的称呼有了变化，过去叫王老师，现在叫他武林哥。她要请男朋友吃饭，吃武林哥做的饭。

王武林在戎夏的厨房里做饭，这回是她的男朋友站在他身边看。戎夏交代他得好好向武林哥学习做饭。一进门戎夏就介绍过他，公务员小迟，在区宣传部门工作。小伙子长得挺帅，就是皮肤黑点，下嘴唇厚得很突出。他对王武林就像对领导，毕恭毕敬，茶杯里添水时杯盖轻提轻放，递上香烟后马上凑到面前用打火机点上火，而自己却不抽烟。

戎夏到厨房看一眼时，王武林说：做饭不难，感情是作料，有心意在里面就好吃。她“嗯”了三声，头连连点了四五下。戎夏一转身，小迟解释，他和她只是一般朋友，认识好几年了。王武林说难怪，他和戎夏经常在一起就没见过他。小迟听这话时，脸色有些不好。

吃饭时桌上有一瓶五粮液，是小迟带来的。没有酒杯，酒倒在两只小碗里。有一种女孩子喜欢喝酒的男人，见到喝酒场面会比喝酒的人还要兴奋，戎夏就是这样的。但她很快发现情况不妙，两个人喝得很猛，不停地干杯。小迟说酒还有一瓶，王武林也是一副有多少喝多少的架势。戎夏说：“你们不能这么喝。”王武林警告，男人最厌烦的就是喝酒时边上女人叽叽歪歪，戎夏马上就不再吭气。

王武林能喝点酒，但感觉他是喝不过对方的，不知道怎么回事，他非常想多喝些酒。

小迟在戎夏去厨房时问王武林，有没有喜欢过戎夏。王武林说：“戎夏是个讨人喜欢的女孩子，难道你不喜欢？”小迟点点头，说他喜欢，又说他与戎夏太熟。王武林说太熟怎么也不应该成为谈不好对象的理由，小迟连连点点头，为太熟这句话他们又干了一大杯。

王武林临走时头脑还算清爽，他告诉小迟，自己的女朋友是戎夏的闺密，会武术会打人，小迟要是欺负戎夏，她会找他拳打脚踢。事后，他觉得他真是喝多啦。那天晚上他没有到荟子的地下室去，从戎夏家直接回到了单位宿舍。半夜里，戎夏的电话打了过来，她说她知道王武林现在没有和荟子在一起，她有点语无伦次，小迟告诉她，要娶一个胖老婆，像她这样胖的，跟她长得一样好看的。王武林说："丫就不能说点痛快的？转弯抹角的。你现在用手机把他的话录下来，明天问他说话算不算话。"

第二天一天没有等来戎夏的消息，王武林免不了替她往不好的方面想，小迟也就是对戎夏说了一堆醉话，事后会不会千方百计地想赖掉？过了几天，事情明了，戎夏约王武林和荟子吃饭。饭店定在东四民芳，她要带上男朋友小迟一起去。王武林问戎夏和小迟的关系是不是确定了，她毫不犹豫地说了声："是！"

戎夏交代王武林，在荟子面前就当作根本没见过小迟。她感慨了一番，会做饭的男人并不是所有女孩都喜欢，胖女孩就不敢喜欢。她也不想让小迟学做饭了，准备买一堆官场小说给他看。王武林说："千万不要，那是厚黑，男人在官场上黑，在家庭里对你亮堂不起来。"戎夏沉默了一下，说有道理。那她就跟妈妈学，她爸爸是她妈妈培养出来的。

荟子不去戎夏的饭局。她说："答应又怎么啦，答应了也不去。要去你去，你去做灯泡，你去吃鱼头泡饼。"

戎夏没有生气，她对道歉的王武林说："感情这东西要促一下才能发展得更快，我帮助你促进了荟子的关系，你们在一起了；你又帮我促进了和小迟的关系。我这是学习别人的成功经验，在恋爱中学习和运作爱情。"

王武林觉得这个胖丫头真是可爱，说单纯也不，说复杂根本扯不上，有点令人心疼。

9

黄柠从来没有去过王武林那边。以往她敲三下板壁开始聊天，相当于电话来电提示音，现在敲三下类似于短信，告诉王武林可以到她这边来，门已经虚掩着。老板娘早认为他们关系不一般，试探他们要不要将两间房打通了。黄柠说赞同，打通了在中间再装上一道门。

黄柠对王武林讲的故事有些失望，觉得戎夏和他应该还有故事。有一天她让王武林把为荟子做过的菜都说一遍，他说那样的话还不如同样给她做一遍。她斩钉截铁地说不要，怕像荟子和戎夏那样。那样什么，她不说明。

王武林还是给了她一个惊喜，在一个周五早早地回来，为她做了鲜虾意面。她说："一下来就闻到了香味，就知道你做了什么。有点感动，也有点……那个，知道你的用心。"他岔开话，说鲜虾真是鲜的，活的虾挑泥肠要点技术。她说做得和洋葱不一样，洋葱做正宗的意面从来不用直面，用通心粉或者贝壳面，那样可以多吸收一些鲜汁。不过，吃了以后她还是夸王武林做得真好，有不同的风味。

王武林提起他认识的一个女孩，一直认为男朋友是世界上最好的，分手以后一大段时间里依然这么认为，直到她遇到了新的对象，关系发展到一定程度才发现，她原来那位未必是最好的，人与人是不一样的。黄柠伸出手制止他的话题，要他讲讲怎么与荟子分手的。他沉默了一会儿，问："你怎么认为我和荟子分手了，就没有可能还在一起，有一个好的结局？"她说："反正我觉得会是分手的结局，你笑了，一定是分了。"他说："错，不是你想象的那样，我和她都快结婚了，婚前我们决定分开来住一阵子，她学她闺密，说这样对婚后有好处。"

王武林不想让黄柠猜出他那段不成功的恋爱结果，或者他并不想和盘托出自己的感情经历，他用刘柳充当荟子。

在和刘柳同居以后他问过戎夏，她那位公务员男朋友住在她的房子里，有没有觉得客居和寄人篱下。戎夏说："怎么可能会有这种心理，我那位心高气傲，说自己是期货，早几年他这个岗位分配的福利房的面积比我现在的房子大多了。他说：'北京的房价就是上天，我们也不可能只有你这一套小房子，我领导哪一个不是四环以内三四套。'"王武林又问戎夏父母有没有要求小迟要有婚房，戎夏说她父母没那么市侩，就是担心她的安全，让小迟提供父母的身份证复印件。王武林把这事当作别人的笑话说给刘柳听的时候，她说："你以为我父母不担心我啊？"

荟子离开地下室租房住是在她又一次跳槽以后，房子的月租几乎是她的月薪。王武林不赞成，建议荟子和他一起住到出版社的宿舍。荟子对于他这个建议断然否决，她不想回到她原来受歧视的地方是一个理由，要给自己压力是最主要的。她问王武林："你难道就没有一点压力吗？就是不找我，你找一个条件比你差很多的女孩，你就忍心和她在屁股都转不过来的筒子楼小单间里结婚，就能够在那样的地方生孩子过以后的日子？"王武林说："面包总会有的。"她诘问："为什么不去买面粉做面包呢？"

王武林在以后很长一段时间里觉得自己窝囊，自己的女朋友，谈婚论嫁过的女人，竟然在指出他人生方向不明缺少奋斗精神以后，带着恨铁不成钢的愤慨离开他。荟子并没有把她在地下室里添置的那些廉价物品带走，她给王武林留了一张大纸，上面写着：一个人的居住情况，决定他或她选择什么样的生活。

王武林的朋友在陪他喝酒时安慰他："北漂的女人，不简单，不简单！"不过，他很快就又找了一个同样是北漂的女朋友刘柳，自认为北漂的男人也不简单。

现在他想，黄柠也不简单吧？她说出她的疑问，不相信他和荟子的结局，对他和戎夏的关系也有一个不知什么样子的猜测。她让他多少有点尴尬，却对其根本不在乎，有滋有味地吃着他做的鲜虾意面。她把调羹送到嘴里时姿势很好看，很优雅。吃完了她对他说："以前特喜欢看电视上的美食节目，有一个姓刘的演员主持美食节目，想不起他名字，最疼爱他吞咽口水的样子。"他不知道她说这个干什么。

她问他："一个男人愿意为一个女人做饭，做得兴致勃勃，不厌其烦，是不是表明他爱她？"他说："不一定啊，他自己也要吃饭。"她说："我对你这个回答很失望。"他说："那我没有办法，我说的是老实话。"

她盯着他："那我们明天开始在这里做饭，每天都做。你开单子，我买菜。"王武林说："好啊，说话算话。"

老板娘知道王武林和黄柠的打算，想替他们做饭，她说她什么菜都能做出来，鸡汤会熬的，酱猪手也做得不比饭店差。她还吸溜了一下口水，拿出她的第二套方案，和他们搭伙，说三个人一起吃饭能够省下不少钱。王武林直接把她挡了回去，说："做灯泡不好吧？！"老板娘讪讪地说："我不坏你们的好事。住地下室省下钱来顿顿吃饭店的人，也多得是。"

黄柠气得冲还没有走远的老板娘"呸"了一声，王武林感慨，在大院里碰见业主，打量出是住地下室的，人家连眼神都不对。黄柠说她没有觉得，不需要这么敏感，没准这些人的前辈还住过地瓜棚，家里还两代人打地铺呢。

荟子在离开地下室之前就是这么抱怨的，而且每一次遭遇歧视都像要崩溃。王武林估计黄柠不会有这种体会，她过去并没有住过地下室，她起先说住过这里，现在一点也不提了。目前为止，她讲的也都是别人的事，洋葱的。她提到的"洋葱对一个人说"，这个人无疑就是她。她住到这里来一定和洋葱有关。

王武林第一顿饭做了一条红烧鲤鱼，炒了一盘油麦菜，炖了娃娃菜豆腐汤。饭做得很从容，盥洗间里就他在做饭，后面没有人在等。现在的地下室真的和过去不一样了。

黄柠对王武林做的饭赞不绝口，心里面却觉得菜也不是特别好吃，都比不上她公司高管就餐的小餐厅，他们从外面请了三个厨师为七八个人做饭。回过头来想那一次王武林给她煮的粥，那是一种特殊情况下的感受，她不想刻意记着，当时就是有种很短暂的动情。她让王武林做饭是想弄清她的问题，想知道，在这么一个环境下，能够为一个同样住在地下室的女孩做饭，辛辛苦苦的，是源于一种什么样的动机。

吃饭的时候黄柠问王武林，现在做饭和那时候为荟子做饭有什么区别。他说有区别，觉得更好玩，很在意黄柠的感觉。黄柠说："你有荟子，我也有未婚夫。我们都知道，现在的情景不同于你当时和荟子，更不可能类似于洋葱和焦娜。说白了，我们就是一起住到这里来玩玩的，是不是？"

见王武林愣在那里，黄柠幽幽地说："不是这样的话，我寻求真实和准确的表达：我是到这里来体会一下的，你呢，是回顾一下，温故知新，对不对？"

王武林笑了，像是缓过神来："我是回来测试一下，看还能不能适应这里。我真的可能住回到地下室来，不是玩笑话。"黄柠眨巴眨巴眼睛，还是把她想说的说了出来："你这段时间，住到这里来是和荟子之间有状况吧？你没有房子，婚房是女方的，她为难你了，还是你心里不平衡……你要做什么决定？"

王武林哼哼哈哈，不置一词。他怎么能够告诉黄柠，他怀疑现在的未婚妻隐瞒了什么，他不想住在来历不明的房子里，这个未婚妻也不是荟子。他只是不想越讲越复杂，也不想让她知道自己更多的事情。他这一打哈哈就等于证明了黄柠的猜测，她说："这有什么关系，这说明你对自己不自信，不相信自己有很好的未来。"

男人的虚荣心、自尊心在自己的配偶或者爱人面前，是最容易变形，最容易扭曲的。他意识到这一点，但又无力克服。

黄柠说："我非常想弄清楚，地下室里能不能产生爱情，为什么有了又很短暂。就不能够一起从这里出去吗？你和荟子本来是成功的一对，洋葱说地下室不会有真实可靠的爱情，他说我没有经历过那样的处境，不会明白。"

王武林说："在地下室产生爱情的故事一定有，但肯定不多，成功的、走向婚姻的凤毛麟角。地下室的快乐很短促，很快会被无穷无尽的压抑、自卑、痛苦淹没。人人都想摆脱自己的困境，爱人不可靠就很容易有其他选择，往往很决绝。我同情这样的人，但若这样的人作为我的爱人，作为我的终身伴侣，我会缺少安全感，我会为过去纠结。"

黄柠说："因为这样的想法，你宁愿回到原点，那你到这里来干什么？寻找爱情，还是奋发图强……"

王武林没有回答，选择长时间地沉默，他们不欢而散。

夜里的板壁被黄柠敲响，她想要和王武林聊一会儿，王武林也没有睡着，被隔两三间房的邻居的叫床声吵醒。

黄柠向王武林提了一个问题，为什么他们这时候嘿咻，凌晨三点啊。王武林说人家这是不得已，晚上回来谁有力气啊，睡一觉做，还抒情地叫唤几声，也就是这点快活。事后会有非常实在的睡眠吧。

黄柠叹了一口气："唉……可怜的是我们，我们再也睡不着了。"王武林说："我们聊高雅的吧，在这种声音里我们聊交响乐，或者重金属摇滚。"黄柠骂了一声"滚"，说她想听催眠曲，摇篮曲也行。王武林在隔壁哈哈大笑。

笑声停下来后黄柠说："我要请你听一场国家大剧院音乐厅的交响乐。"

10

黄柠请王武林陪伴她去参加了一场聚会，几位女同学招待一位来京的男同学。因为有人堵在路上，饭局比预定的时间推迟了差不多一个半小时。坐在一起等人，王武林便成为她们聊的主要对象，她们都是单个来的，对他好奇得不得了。也不放过黄柠，问她：“不是说未婚夫是网络作家吗，怎么又变成编辑了？”

黄柠将头斜靠到王武林肩上，说他不是未婚夫，不是男朋友，是闺密，是室友，是助理。几个女孩同时把嘴噘成O形，发出惊讶又好像释然的“哦”声。王武林只有保持镇静，稍微释放出一点点笑意。他知道这种场合，他少说为好，不说最好。

黄柠的男同学来得也迟，还带来两位大着舌头说儿化音的老乡。他见到黄柠就来了一个熊抱而且不放开。饭局上这位男同学好像始终对王武林怀着敌意，喝酒时挑衅意味非常明显。王武林能喝猛酒，嘴像漏斗一样。知道喝不过王武林，男同学就开始在桌上讲他上大学时和黄柠怎么好的，黄柠声明，他们两个那时候根本就不来电。说不过去的是，黄柠讲她与这位男同学接吻时通常腾出手拿一方手帕，擦他嘴角流出来的哈喇子。男同学哈哈大笑，越说越放肆，黄柠倒也不恼，要王武林用手机录下来，说总有一天会派上用场。

饭桌上吵吵嚷嚷，王武林起身出去了一会儿，哪知道男同学跟了出来，他只有进了洗手间。两个人是一起回到座位的，黄柠盯着他俩目不转睛。

聚会散的时候，黄柠让王武林挨个拥抱一下她的女同学，男同学要再与她拥抱她却没有肯。打车回去，王武林和黄柠一起坐后座。她问他中途出去和那位同学说了什么，两个人笑嘻嘻地回来，像是很投机。王武林说只是一道去了洗手间，寒暄了两句，说老实话，一顿饭吃下来都还不知道他姓什么叫什么。黄柠告诉他，这个人叫董鹏程，是山东一个县级市的招商局局长。王武林不想说，他和那位局长在洗手间的小便池面前相互打量了一下，局长先瞄了他一眼，他不示弱也瞄了局长一眼，之后还笑了笑。他想，这相当于不友好的两国战机空中相遇互相照射了雷达。然后秘而不宣。

黄柠说他们一帮同学聚到一起就加工、美化过去的校园生活，怀念那段日子，虚构一些故事。其实没有那么美好。她们那时候奉行的是开而不放，放而不荡。王武林酒喝得还是多了一点，他逮住黄柠这句话，问她“开”到什么程度，“放”又是一个什么地步？黄柠一下子沉默了，回到地下室也没有再说一句话。

不过，第二天早上她对王武林笑脸相迎，说订了当天晚上大剧院英国皇家爱乐乐团《梁祝》音乐会，还约他上班的时候一起走。

出地下室的台阶上，黄柠站了下来。她说：“你知道吧，洋葱每天出地下室的时候，都要唱《重归苏莲托》，就前面那几句……”

王武林说：“有意思。我以后走出去的时候也唱这几句。”他问黄柠洋葱是不是网络作家，写什么类型的网文？黄柠说洋葱算是大神级的，他写架空历史，至于有什么作品，她没有列举，看得出，她是不想多说。

在这个白天，王武林一直在想黄柠请他听音乐会的意图。中午他回到刘柳那里，要找出他最好的一套西服。进门以后发现室内已经有很大改变，甚至都让他感觉陌生。在他离开的这段日子里，刘柳改变了室内的陈设，以前是完全按照他意图布置的家具，她当时说一切的一切以他觉得舒服为好。那她现在又是何种心态使然？四只书橱本来摆成一排，如今拆分两处，一处两组书橱摆在了沙发对面，不是紧靠的，中间放了电器柜，坐着原来放在卧室里的电视。至于其他的，那些多出来的，更显女性化的东西，小摆件什么的，他觉得可以忽略不计，唯独书橱的移位，这不是她所能够做到的，得至少有一个有体力、强大的人帮忙。

他打开厨房里的冰箱，奇怪里面居然连西红柿和鸡蛋都没有。两年前他第一次到她这里来的时候，认真看的就是冰箱，他看出来她不怎么做饭，或者是不会做饭，冰箱里简单的几样食材，暴露了女主人只会做西红柿蛋汤或者将这些东西放进方便面里去煮。

他没有去看卧室，不想看，不敢看。只瞅了一眼卫生间，看到漱口杯里还竖着他那根橘黄的牙刷。他又转回到厨房里看垃圾桶，里面空空如也，什么也没有，客厅里的垃圾桶也是空的。

往小区外走的路上，他始终在回忆，刘柳是不是有勤于扔垃圾的习惯。他希望她每天订外卖，而不是在其他什么人那里吃饭，更怕她已经住在了什么人那里。闷闷不乐的他一进地铁车厢就坐了下来，一点也没注意到面前站着一位抱着幼儿的老太，直到被人提醒让座。这让他感到很难堪。

晚上他没有回地下室，从出版社直接去了大剧院，坐下来离开演还有二十多分钟。他不时地往左右扫两眼，希望看到黄柠走过来的情景。

她直到开演的预备铃响了才从左边过来，挪着身子到他右边的位置，转身也是弯下腰的时候，他看到她被礼服包裹的臀部比平时更浑圆。他没有为她调一下位子，只被动地欠了欠身子。他有点紧张。

开演前灯光暗了，身边的黄柠与他处在一个陌生的空间里，清淡但挥之不去的香水味，让她的身体面积放大了，有一种诱人的气息，他使劲地嗅了一下，像是大胆地接触了她，然后悄悄地扭头看她。她端坐着，凝视着舞台，对他以为的侵袭无动于衷。

音乐会开始，那股香水味猛然到了他面前，右耳边有头发丝撩过来，痒酥酥的。他感觉她要悄声说什么，他等着。等了好长时间，她说了出来，一个让他怎么也想不到的问题："问你……你打过我主意没有？"

他愣了一下，知道必须回答。他应该转过脸来对她说，但只是摇了摇头。她接着追问：“一点也没有？”他仍然摇了摇头，然后转过脸去强调了一下：“真的没有！”

他们俩再也不说什么，似乎是音乐厅里最陶醉的观赏者。

散场后他们坐地铁回去，车上的空座很多，黄柠没有坐，王武林陪她站着。

她说：“剧场里的一问，我们俩现在算是好朋友了，很哥们儿的那种。”他笑了笑，点点头。

他有过胡思乱想的时候，歪心思的时候，想象她的身体，在她的身体上做各种各样的动作。演绎这一幕时，情景地却总是在地下室他的房间里。他理解她在音乐厅里的提问，她显然是想让他们的关系有一个明亮的结尾。

出地铁站黄柠走得很慢，到胡同口，她站了下来，以命令式的口气说：“你请我撸串吧，我还要两瓶燕山啤。”王武林说了声“好”，脚步快了起来。

胡同里烤串的到夜里放肆一些，把招待客人的小方桌和小马扎放到了路边。王武林点烤串的当儿，黄柠用一沓餐巾纸擦了几遍油腻腻的桌子。王武林觉得好笑，他说：“刚才，两个住地下室的人去听音乐会；现在，穿着礼服坐胡同口撸串。”黄柠说：“这有什么奇怪的。我俩有大房子不住，有爱人不好好泡着，跑这里来住地下室才十分奇怪。”

王武林说：“要不我们互相倒一倒，真实地……说说彼此的事？”黄柠说：“我才不呢，这是隐私，什么人也不说。”王武林说：“好吧，那我们还是互相猜疑着，或许这样才更有意思。”

黄柠喝啤酒居然不用杯子，一口酒灌嘴里太猛，喷了出来，然后她就不停地笑。笑停下来后她说：“我明天就回去啦！”

王武林没有一丝吃惊，说这顿撸串就当作给她送行，“从此别过”。

他们可以选择一种不声不响的方式结束，譬如他晚上回到地下室的时候，隔壁的门敞开着，里面空空如也。但她没有这么做。

黄柠的离开很有仪式感，让王武林用她的手机替她留影像，在地下室里走了一圈又一圈，指挥他用手机拍这个拍那个。这段时间里，黄柠接了两次手机，都是来接她的人打来的，催她赶紧上去。

王武林举着手机拍黄柠出地下室，看到来接她的人。这个人戴着一副宽框的墨镜，双手叉着腰站在地下室门口。黄柠上前亲昵地拍了拍他的脸，问他要不要下去看看。他摇头说："发过誓，再也不进这鬼地方。"见王武林用手机拍他和黄柠，他大声喊："喂，哥们儿，不要再拍了，没什么意思！"黄柠却示意王武林继续拍。

王武林在黄柠他们走后没有立即回地下室，他在紫藤长廊坐了一会儿，翻看手机，以为黄柠会有一条道别的短信或者微信，哪知道没有。他给她发了一条：

啊朋友再见！

一会儿有信息提示音，不是黄柠，是刘柳的：知道你回来过。

他没有回复。转身回地下室。

他走得很慢，哼出了《重归苏莲托》的前奏。

他站下来，唱两句记得的：

看这海洋多么美丽
多么激动人的心情
……

他唱得很大声。

好日子万万年

有一个秋天我和铭文躺在学校的草坪上看着天空发呆，我们决定各说一句愚蠢的话。我说的是上小学时每次作记叙文的开头：“天气晴朗，万里无云。”铭文翻出他家祖传的话：“好日子万万年。”愚蠢的话总会让我们乐一阵子。我们有了与异性交往的经历后，又各自总结出一句蠢话：“我爱你。”“我们结婚吧？！”提到这句话我们就要笑，并且肯定将来非得说这句话的时候一定会“笑场”。

“北漂”后，我们时常会打电话问候一下对方：“最近怎么样？”不是关心财富的积累，是询问对方性富裕度。我总喜欢用铭文家的那句话：“好日子万万年。”他呢，则懒洋洋地说：“天气晴朗，万里有云。”彼此的日子好像都还不错。

我们约在周末去他那儿交流交流。他的小公司在苹果园。他在电话里讲了半天怎么乘车，怎么走路，最后没办法让妹妹到地铁站来接我。他说他妹妹很漂亮，我一眼能将她从人群中拎出来。

我在苹果园肯德基对面的站口等，为了保险起见用一张8开的白纸写了四个像血一样红的字：我是阿兴。我把招牌纸举过头顶，见到漂亮MM就满脸搭笑迎过去。下场是我让人觉得有毛病，跟傻子似的。忍受了十分钟，打车寻到铭文面前，铭文还笑得出来，他说他的朋友都吃过他妹妹的苦头。为了道歉，晚上去歌厅唱歌他埋了单。夜里我不停地上厕所，第二天他笑我："不花钱的啤酒也不能喝成这样。"

午饭时铭文的妹妹铭青出现了，铭文告诉我她昨天把他的车开到什刹海去玩了，到半夜才回来。我打量了她一下，长得倒是挺好的，就整个一"哈韩"。哈韩的女孩给我的印象是小女生，一般不会让我多看几眼，公司招员工一般也不要这类人。桌上有铭文的客户，我便掏名片给他们一人发了一张。她也要，把一只涂满花花绿绿指甲油的手伸在我面前不屈不挠。我只得给了她一张。

麻烦开始了。我所在的文化公司剧本中心是制造情节的地方，我做角色的机会不多，有机会就被人充分利用。这天我在会议室讨论剧本，前台的小芳大着舌头像念台词一样："兴编，有人电你，是个小 MM。"我到写字台上接电话时公司有一半人抬起半边身子瞧我。我接电话通常先自报家门的，电话那头"咯咯"的一阵花枝乱颤的笑："我是小青，老文的妹妹。看一下你的片子是不是骗子。"我想说什么，电话却搁掉了。我回会议室坐下，小芳进来给我们倒水顺便发布消息："兴编，MM 说是你马子。"满堂哄笑，我讨厌人家称女人马子，觉得恶俗不堪。把马子再安在我身上忒难受。我就编情节给大家一个交代，说我散出去的名片被人拿到歌厅去泡小姐用了。刘总手拍桌子叫好，让把这段栽到连续剧的本子里去。

这只是一个开头，以后一闲下来小青不是短信就是电话。

铭文被人叫作老文了，我问他怎么回事。他说是妹妹小青干的好事。我不敢告诉铭文小青每天给我发一大堆乱七八糟的短信，也没有告诉他小青经常打电话给我来调查他。我们是哥们儿，他知道我的底，铭文骗女孩子的招数有一大半是我教的。我不敢告诉他小青与我有接触。

情人节正逢雪后，寒冷的夜晚被情人们的情绪渲染得热烈，北京城里到处莺歌燕舞，我和铭文却很郁闷。情人节我们这些性漂泊者是最不开心的。我和他都想送个花或巧克力什么的，可惜没有对象。没有爱的情人节最好是找个地方喝酒。

小青竟然能找到我们喝酒的地方，带来两枝鲜艳的红玫瑰。她给铭文一枝，给我一枝。铭文还是高兴不起来。我说这样也挺好的，早上上班看见公司前台小姐到花店买了一捧花，在公司说是男孩送给她的，幸福得不得了。铭文酸溜溜地说我毕竟还是有女孩送花了，小青马上表态要把自己最漂亮的女同学介绍给哥哥。我说捆绑销售吧，介绍一个漂亮的和一个丑的，丑的给我。小青说："先交订金吧，二百五。"

小青砸我宿舍的窗户是五天后的晚上。这天铭文带了女友借我宿舍交流感情，我只得外出做"盲流"。

我在三里屯北街闲极无聊，给所有想得起来的人发短信或段子。我不记得给小青发了没有，她来了短信，问我特 8 大巴路过的白家庄，是不是离我住的地方很近。我整个一个贱人，自己给自己找了麻烦。我告诉她白家庄公交站台就在我住的楼下，还告诉她门牌号码，就差领她到家里了。等到她给我发短信告诉我"出门左拐可捡到一美女"时我差点一屁股坐地上。我想她待不了多一会儿准会把我的门擂得山响。想象力还是差了一点，我赶回家时见她手里拿块板砖，窗户玻璃早被她敲碎了。

她见到我不是在屋里还是很诧异的，我拉着她就跑，吓唬她找错了门，砸了街坊的玻璃。她说她扒着窗户看见里面有一双槟榔色的高跟鞋，她说她喊了半天门没人答应，她说她肯定里面有人，捡起砖头就砸了。

不一会儿铭文打电话来约我去吃夜宵。说吃夜宵其实没这么讲究，他约我到常去的那家烤羊肉串店。小青不去，她挺像回事地掏一百元出来往我手上塞，说是赔我的玻璃钱。我怎么办？我还是收下了。

铭文早我到了，吃着一串油滴滴的肥腰子，边上傍着一个小模小样的女孩子。他说过：只喜欢七八十斤的女孩子。

"刚才是谁呀？"

"是小青。"

“噢，噢。”铭文点了点头，接着问我，“我们还没成亲戚吧？”

我尴尬地干咳两声说：“哪会呢?！我不正和大玛好着吗？”

“那好。如果成亲戚了，今天就该你埋单了。”他坏笑了两声，然后告诉我他妹妹是个骗子，是个大骗子。

我想大玛了。她说这几天会来北京的。通常我坐机场大巴去机场接她。大玛是个异常漂亮的年轻女人，她的缺点就是长得身高马大。与她认识，是我一个做广告策划的朋友介绍的。他是她的客户，有了我他就从应酬的苦难中解放了出来。大玛喜欢在三里屯北街的酒吧喝酒，在北京的日子她会一天换一家地泡吧。我与大玛喝第二次酒的时候她喝大了，不停地拍我肩膀，把我的身子推来搡去的。我火了，也去推她。她说我一定是喝多了，否则一个斯文的人怎么也动手动脚的。后来她就诉苦，说她命苦，丈夫死得早。我知道她是离婚的，听她说，怎么说我也装着很相信的样子。我送她回酒店。进了房间她就开始脱衣服，脱光了双臂交抱在胸前看着我，她说她这样醒酒。我也脱衣服，她问我干什么，我说我也要醒酒。她立即就动了手。

我给大玛打电话，她说她在家上网，听到她说话中气不足的样子我怀疑她躺在床上。在我身边时也有这种情况，与通话的人遮遮掩掩地来一套。我知道她在说谎。这对我没有什么大的关系，我从不考量她的道德品质。她最大的优点就是从不轻易花我的钱。我怀想着她在那个时候滔滔不绝的粗话以及事后慵懒妩媚的样子。

我与小青的关系是否有点暧昧不清？周末我去苹果园比过去频繁不说，若是见不到小青就有点提不起劲来。铭文不知是否看出一些苗头，我们喝酒时他会大谈兄弟情深，说什么事时喜欢用“醉翁之意不在酒”这类话。我们不再喝了酒后急吼吼地去歌厅找小姐唱歌了。在通常的情况下，我与女人大多是处于开始或结束关系的状态。这其中会有一些策划的、与时俱进的情节，会有小动作，也会借助一些道具，知道选择场景。我想我与小青不会有什么故事或上演什么。

我反复推演关系：我与铭文是哥们儿，小青也就是我小妹。但是我也想，小青倘若是我喜欢的女孩子，我爱上了她，我便不做什么鸟大哥。只是果真如此了不好向铭文交代。

小青不停地给我发短信。有时是一个传来传去的烂段子，有时是一段乱七八糟搞不懂内容的话。我有时回，有时不回。记不清从哪一天开始她不停地发短信问我在干什么。

一次我与大玛在一起，在机场高速路通往市区的路上。我们坐在大巴车的最后面，我掏手机时用另一只闲着的胳膊盖着伏在我腿上的大玛。我看又是问我在干什么就回复她我在做爱。她很快回信："真的吗？与谁？""我和我。"我不得不这样回答她。

大玛抬起头来附在我耳边问我准备几次。我说：六次。她见我有破纪录的准备得意地捂嘴笑了，我想起句东北话："小样儿。"

小青的短信："严重浪费！"我笑了笑，关了机。

大玛也有让我烦的。她有个嗜好，在睡觉前必须听我讲几段故事或童话，否则会在床上翻身打滚睡不着。这样我就不得不一会儿做孙敬修爷爷，一会儿又做鞠萍姐姐。听故事时她会"咯咯咯"地笑，听完故事后她通常都是平躺着，愣愣地翻着眼看天花板。不可思议的是，这时她不会让我再碰她的身体，竟会有一双清亮透彻、天真无邪的眼睛。我不知道她这刻在想着什么。也只是一会儿，事后她会用手来找我。

大玛见我默默无语，说我闷闷不乐。我说，就是。她没有像以往那样逼我讲故事，竟盯着我，打量起我的表情来。她问我是不是为下午的事。我说不是。

下午我陪她见客户时她介绍我也是客户，现在有很好的合作关系。她说她很多客户都在做了生意后成了朋友。她对客户的笑我觉得很妩媚，像对情人的感觉。

我说："你对你的客户太有表情了，笑得都那么有意思。"

大玛说："有什么奇怪的，是对钱的表情。"

"是吗？"我不相信。

这一夜我们一直没歇下来。当我精疲力竭时大玛统计了一下，她说我真的破了纪录。她问我为什么干劲这么大。我告诉她，每次想着是她的不同客户就很兴奋。她狠狠地抽了我一记耳光，我脸颊火辣辣地疼，用手下劲地捏着床单。

一会儿她过来抱我，把我的脸埋在她的双乳间，用它们揉搓我。

我沉沉地睡了一觉。醒来已是午后了，起来喝了一大杯水，肚子像纯净水桶一样发出"咕嘟咕嘟"的声音。我饿了。

大玛看着我狼吞虎咽地吃东西，她喜欢这样。我吃时她不吃，看着我。我说过她："你怎么像妈妈一样。"她笑得直不起腰来。她说我不像舞文弄墨的人。

吃完饭我埋单。大玛从不与我争，她懂得保护我的自尊。她拉着我到中复电讯，让营业员挑一款机型最大的最贵的手机，她要买了送给我。我推辞了一番还是收下了，我喜欢这款手机。她把我换下的手机扔进垃圾箱，直言不讳地告诉我她不喜欢男人用小的手机。我虎着脸让她捡回来。打量了我一下，她掀起垃圾箱的盖子将机子掏了回来。

"我知道我素质不高。过去的那位就这么说过。"

我说我想的其实不是这个。为什么，她不再问我。

问也不会告诉她，我赚回了自尊心。

小青给我发短信："我饿了！"

一会儿她给我打电话说在楼下了。我从窗户伸出头去看，见她果真站在楼下的阴影里。

我说只有带她去吃烤肉，她问我为什么，我说我穷，说她会吃掉我。

她给自己要了二十个串，一半肉筋，一半板筋，我告诫她不要吃坏了牙。小青吃得很慢，我努力地不去看她，把一瓶冰啤一会儿就灌掉了。她把一双手像磨刀一样地在我牛仔裤上来回擦了擦，见我没表情就指着地上一摊餐巾纸，还把手掌翻过来给我看："本来干净的嘛。"

见她抱着双臂在胸前一副寒战战的样子。我说："回吧。打车回去。"她伸出手："给我打车钱。"我随即给了她一张票子。

"一张……少了。至少二百。"她一副不依不饶的样子。

我真的给了她二百。等了好一会儿不见空车来。"你抱抱我吧。"她说。

我迟疑了一下然后把她揽到怀里，只一会儿就轻轻推开她。

"你敷衍。"她有点娇嗔。我装着不在意。

车来了。她上车后不跟我打招呼，也不回头看我。司机又是个开快车的家伙。这时我有点后悔。

我为什么只轻轻地抱了她？我他妈的怕什么？

回到家睡不着觉。一个问题，小青为什么要那么多的打车钱。我努力地回忆了一下，没听说过她上班工作的事。想着她的红发，或青或蓝或紫的眼影和唇色，指甲上乱七八糟抹的，耳朵上戴的，身上穿的。我忽然怀疑她是否也做"那个"，现在做"那个"的女孩是很多的。想想又不会，铭文说过是"小姐"的他一眼能看出来。我有一次与他打过赌，输了。他能看出这些女人脸上的风尘。我们尽管坏，却不至于坏得家里有人做这个而无动于衷。我又想了很多，心想再有机会就绝不放过。

再见到小青时她问我想怎么样，我说："我眼里有凶光吗？"我边说抱住了她。她细长的手臂箍着我，把脸贴在我的身上。呼出的气息让我胸口暖暖的，麻酥酥的。

“我怎么不激动？”我轻轻推开她。她瞪着双眼看着我好长时间，转而从身后抱着我，用膝盖顶我的关节。我被她抱着，蹒跚地走着。几个遛狗的人奇怪地看着我们。

我们坐下来。小青向我讨了根烟有一口没一口地吐着。她嘻嘻哈哈地笑遛狗的人。我问她笑什么。“是狗在遛人。”她又补充一句，“怎么看也是人被狗牵着。”

“人家也在笑你呢。”

“笑我什么？”

“笑你的头发像狗毛，笑你嘴唇抹得跟狗鼻子颜色一样。”

“噢。”她不吭气了，随手扔了烟头。

我替她把烟头捡回来，她羞涩地笑了笑。我让她再笑笑，我说：“你刚才笑得真好看。”说这话时我努力做出一副油腔滑调的样子。

“我不笑了。你会爱上我的。”

“你笑傻了我也不会。把我们老同志的觉悟说没了。”

大玛说我有点心不在焉。我把一段童话讲得鸡零狗碎驴唇不对马嘴的。我说我提不起精神，大玛自作聪明地认为我是工作压力大了。她说由她哄我睡觉。我的手机响了，大玛读出短信：“我在你家里。”她问我谁在我家里，我想也不想地说：“是铭文。”

“是借战场了。”大玛说话的神情间有点浮想联翩，她说什么时候把铭文约出来吃吃饭，拷问拷问他。我说：“不要醉翁之意，铭文这家伙喜欢七八十斤的。”

第二天晚上回家见屋里被收拾了。收拾得清清爽爽。我愣坐了半天，抽了根烟后打电话给小青：“你以为你是田螺仙女呀？怎么进门的？钥匙从什么地方来的？”

“偷老文的，我早知道他借你的地方干坏事。钥匙算是没收。淫窝。

还脏得像狗窝似的。”

“你胆子是太大了一些。”我一字一顿地说。

撤了电话躺在拾掇得干干净净的床上，很舒服。舒适的环境关系生活质量，这话一点不假。只是我有些过敏，空气中弥漫着一股什么香水味，我打了几个喷嚏后沉沉地睡了，睡得从未有过地香甜。

铭文打电话给我，说他到我住的地方，败兴而归。身上的钥匙不见了。为了表示对我居所安全的负责，建议我买一把好锁由他出钱。我说免了，让他最近也不要再带什么不三不四的人到我家里。对门住的是一警察，总探头探脑的，怕是警惕上了，悠着点儿。

小青也打电话找我，说要见我，帮我搞卫生买了一堆洗涤用品要找我报销费用，好像我不让她来就是赖她账似的。她说她把自己也顺便打扫了一下。我说只要不吓到我就行。

我没想到她会让我眼睛一亮，真的没想到。她身上花里胡哨的东西都不见了，头发也染了回来，整个跟换了个人似的。还穿上了套职业西服。

我咂嘴说：“像！”她问我像什么，我说像我们公司的前台小姐。她往我头上砸了一拳问我还像什么。我说：“再就是像根葱。”她又要打我。我说：“你还是再变回去吧。”

我带她去吃自助餐。她把盘子里的鸡翅堆得像小山一样高。我四顾左右，有点不好意思。她问我为什么不吃只看着她吃。我说我这时候的眼里充满怜爱。她又想把她的油手往我身上蹭，被我制止了。我被她劝着喝了很多的啤酒，头有点晕晕乎乎的。

出了餐厅她抱着我的腰，我有些得意。我急着带她回家就打了一辆车。进了门我抱住她就吻。她也很激动，下劲吮吸着我的舌头，像要吞掉我。我们挪着身子跌坐在沙发上，她在我耳边轻声说：“温柔点，吻我的耳朵，吻我的脖子。”她像是引导我，这让我很兴奋。我的手也没闲着，扯掉她的胸罩，她结实坚挺的乳房被我一手把握着，先是轻柔地摩挲，在她呻吟渐起时我下劲揉搓起来，并腾出手来。她抓住我得寸进尺的手，抓得紧紧的。

我不由得冷静下来。我有些尴尬，不知道她会说什么。

一会儿她坐到床边，默不作声地解自己的衣扣。她脱得只剩一件内衣躺在床上，用手捂着眼睛。剩下的都是我的事了，我有点手忙脚乱。她推开我的身体说："你应该先爱抚爱抚我。"我说："谁规定的？"她说："这是条件。"

我还是粗鲁地进入了。她睁着眼睛，疼得皱起眉头。

事后，我觉得麻烦了。我问她为什么是第一次，她说没人要呗。

第二天了。我们还在一起，她问我她与别的女人有什么不同。我想了想，也没有什么不同的。但还是说了句好听的话："你比她们好。"她紧追不舍地问我好在什么地方，我的手游走在她光滑的身体上，一处一处地指给她。她很认真的样子确认："噢……噢……"然后，把我恭维了一番："你是个大流氓、大色狼、大浑蛋、大骗子……"我说："你也是，经验丰富得很。"

她说她是自学成才。我们一起坏笑，笑得弓起身子。我们睡床上只做一件事，做得彼此浑身松软。我们没有起过床，肚子饿了就打电话叫了快餐来。

周一的早晨很快到了。小青让我请假再和她待一天。我给刘总发了则请假的短信后就把手机关了。在她上洗手间时打开看了一下，手机里尽是短信。我把看过的大玛短信都删了，小青爬到床上来抢手机，问我删掉了什么。我说删掉了铭文的短信，他问我在干什么。

"我不怕他。我的事与他无关。"她又说，"你也别怕，我会说是我勾引了你。"

"勾引……"

"'勾引'什么意思，你还不懂？"她边说边在我身上示范，可我一点也兴奋不起来。

我在公司上班的时候大玛打电话叫我，她让我陪她见客户。不知道她从什么地方借了辆别克君威，做车夫的当然是我。好长时间不开车了，手生，我把车开得横冲直撞的，她不仅不怕还“咯咯咯”地笑。她都这样了我还怕什么，撞散了也不从我腰包掏一分钱。心里勇敢了，车倒是开得平稳了。

大玛的客户是个谢了顶的北京中年男人，说话满嘴的儿话音。他叫大玛“格拉斯”，大玛是做玻璃生意的。大玛叫他胡哥，说这样称呼比胡总亲切。格拉斯与胡哥的合作看来已经水到渠成了，只商量了几个细节。大玛表态她会把有些事情做得很到位。他说有些事情无所谓，首先是质量，其次是交货期要有保障。

没谈一会儿他们便商量着到什么地方去吃饭。大玛说三四个人还是到长安大剧院那儿的渝信川菜馆，环境好。胡哥瞅了我一眼，我看出来他不愿意我插在中间，大玛介绍我这个司机是兼职的，本行是个影视编剧，写的本子拍过很多电影。胡哥马上变得热情起来，伸过来软乎乎的胖手和我下劲握了握。接着说也带上他的司机欢欢，大玛说欢欢可是美女。胡哥好像不屑一顾的样子，一字一顿地说：“只是长得齐整点儿。”

我们好像欢聚一堂的样子。胡哥说酒得喝得热闹，要和大玛喝白酒，大玛说要整就整二锅头。胡哥拍手称好，也不放过我们，让我们喝啤酒。我推说开车不能喝酒，胡哥说喝完了找人代驾。坐在我对面的欢欢点头笑了笑。胡哥在欢欢给大家斟酒的当儿介绍我是编剧，说欢欢也要进步，至少做个作家。欢欢便开始叫我老师。

大玛和胡哥不像第一次喝酒，酒倒在大玻璃杯里用手掐着位置一大口一大口地喝，每嘴至少下去一公分。他们喝完了会盯着我们，让我们也干了整杯的啤酒。不一会儿下去了两杯啤酒，我分解得快，起身去洗手间。

胡哥笑我有点“虚”，欢欢也抿着嘴笑。我第三次去洗手间时欢欢也跟着我，我出来得早，在洗手池边磨蹭着等她，她往我手里塞了张纸片，做了个打电话的手势，我点点头先离开。

我送大玛回宾馆。第二天早上离开后我从口袋里摸出欢欢给我的纸片看电话，纸片被涂抹得乌七八糟。用眉笔写的电话号码被口红抹盖了。中午大玛给我打电话，只一句话：“欢欢是一只大熊猫。”我本想说点什么，可她早把电话搁了。

铭文约我吃饭，我有些心虚，不像以往兴高采烈的。到了我们常去的那家饭店，见到小青也坐在铭文旁边。我故作镇定地问他七八十斤重的女朋友怎么没来，他说今天是家里人谈点私事。点菜时铭文说不喝酒，这在我们的交往中是绝无仅有的事。

铭文用餐巾纸一遍遍地擦着筷子，擦拭刀口一样地认真。

“我们果真要做亲戚了。小青说你是她的男朋友？”他看着筷子说。

我想了想说：“是真的。”

“那你得介绍介绍自己呀，我代表着小青的家长，你得让我们了解一下你是什么样的人。”

我看了看小青，她低着头神情凝重地看着桌面，像里面会钻出什么来似的。

“你还不知道我是什么人？！”我说。

铭文打了个哈欠：“你现在就当我不认识你。”

我感到铭文是在逼问，是想在小青面前揭我的老底。除了窘迫，还有尴尬。我只有不吭气。

服务员将菜上来了，还有一盆水煮鱼。服务员用漏勺捞盆里的辣椒时，铭文让她将豆芽捞走。豆芽是铭文最爱吃的，他大概是想让我觉得他不正常了。

不知什么时候小青哭了，轻轻地抽泣。我只有要发火这一招了。

“老文，你也会有这一天的。”说完我站起身来，“小青，走！”

小青立即站起身来。我没心思注意铭文的表情。他在背后冲我说：“你埋了单再走。”

“你刷卡吧。”我头也不回。

小青挽着我的胳膊，有点小鸟依人的样子。她告诉我她把家当都搬到我那儿了，出门时被铭文抓住了。我知道，我和小青同居的生活开始了。

我的宿舍因为有了一位主妇而成了“家”。周末我被小青拉着逛了趟马甸的“宜家家居”，我把她看中的都列入“将来采购计划”。回到社区边上的农贸市场又买了一堆便宜的锅碗瓢盆。

我每天下班回来小青早已做好了晚饭等我。小青的饭做得很辛苦，她买了一堆橡胶手套，择菜时用一种，洗菜时用一种，炒菜时又是一种。饭菜倒是做得很丰盛，她是买了菜谱回来学的。我鼓励了她一下，说我的生活质量提高了，她就想让我再提高一下，让我比较一下，是公司的盒饭好吃还是她做的饭好吃。我讨好她，说当然是她的饭好吃。听到这话她就到超市买了一摞塑料饭盒回来，为我备一份午餐让我提溜着带公司去。我不想这么做她就扬言要到公司给我送饭，她说她有月票，倒三次车就到了。

我想我还不是居家小男人。我把饭菜搁小区的门卫那儿，晚上回来时找个垃圾箱倒了。或者中午在公司让前台的小芳把我的那份盒饭放在刘总的边上，吃饭时轻松地聊两句这才符合我的身份。我要是带了饭到公司，还不跟刘总的司机一样，躲在一边快快吃了，连饭盒都不好意思拿出来洗。

过去晚上我会从公司带回来些活儿，把一些公司新雇枪手写的本子整理整理，也构思一部写引清兵入关的吴三桂的艳史剧。和小青在一起后我发现我什么事也做不了了，我写不出一行字。她一会儿给我端杯水来，一会儿削一只苹果送过来，再没有这些事时她会点根烟递给我，她抽一口我抽一口。这种形势下我只有和她上床睡觉。

睡觉是一个很宽泛的概念，它的意思不等于简单地闭上眼进入休眠状态。床上有很多的内容。我发现女人在床上都有在课堂上的感觉，把你当老师，希望你对她说什么。过去大玛要我讲故事，现在小青让我讲我以前的女人。她说她不在意，她说这些女人让她很兴奋。

我也很兴奋。我的叙述会激发我的状态，起一种像春药的作用。每天我会讲两三个与我有故事的女人，没一阵子我便山穷水尽。我不讲这些女人时小青冰冷冷的，会闭着眼假寐。我一觉醒来时她还没睡。我只好做编剧，编派我与许多女人的事情。

这段时间大玛到欧洲去了，有一个多月的时间。她先参加国家建材协会组织的团去德国看玻璃新品展，后来又到什么国家去订设备。我没有将她忘了，她还在我的剧情中。我认为小青不会在乎她。但我与大玛的事我对小青只字未提。

铭文找我。他说我该设想一下未来，问我想不想自个儿做一家文化传播公司什么的，还说可以帮我注册。我说我一直在想。只是得再过段时间，要是单干也还得干现在的影视剧本行当。觉得还要再了解下市场，掌握更多的人脉资源。铭文唉声叹气的，接下来说话的口气，好像我这样下去会把他妹妹饿死一样。

我有点怯。单干还没有把握。铭文警告我得忙点其他的事，说女人的事是最小的事。

这天晚上我酒喝多了，踉踉跄跄地回家，小青拿我的手机大骂了她哥哥一场。我昏沉沉地睡了，以后小青做了什么我一点不知道。

第二天我在公司上班时收到大玛的一则短信：“我们结婚吧！”

我脸肯定绿了。跑到走廊上给她打电话，张口就问她：“真的？”

她说："真的。"她还说昨天晚上我发给她的那些短信真让她感动。

我觉得大事不好，连假也没请就打车回家。小青在收拾她的东西，是准备把她的东西拿走。她兴高采烈的样子是装出来的，她颠来倒去地唱"就像老鼠爱大米"，调跑得离奇。东西收拾完了她向发呆的我讨手机用，我想都没想就给她了。

她打电话给大玛，告诉大玛她刚知道我和她的关系，她自称是我的老婆，说我们一直很相爱。说着激动地抽泣起来，她告诉大玛："我们同居了三十七天。"重复了一遍后她揿掉了电话。

我一句话也说不出来，手软得抬不起来。我没办法制止她给大玛打电话，甚至眼巴巴地看着她拎着大包小包夺门而去。

过了好一会儿我想起给大玛打电话，她的电话关机了。我也没想好该对她说什么。

风吹得窗帘拍打着窗户，关窗户时我才发现天很黑了。我打电话给铭文，让他照顾一下小青，他"噢"了一声，什么也没问我。

不知道过了多少天，我收到小青的短信，她说她在网吧，给了我MSN的地址。联机后她以"猪死于心碎"的网名跳了出来。她发给我很长的一段话：

> 我知道你是坏人。我也知道我爱上的第一个男人可能是一个极坏的男人，有一天我不再想做无忧无虑的女孩时，有这种心理准备。女人的生活会跟男人有关，搞不清楚重要不重要。你要了我后我就想离开你了。我的阴谋是让你自己把自己毁掉，所以让你讲你的破事。可你讲的那些女人都不能让我恨你和离开你，我知道你在杜撰，你根本没有那么多的女人。直到有一天我想你会隐藏起一个女人来，这个人一定是一个不一样的女人。那天晚上

她发短信来让你去机场接她。我替你回了一大把的短信。我试探她，说你想跟她在一起生活，她说她也很想。我当你面给她打电话是想了很久决定的，还是冲动的吧。想把我与你、她与你的事做个了结。没有免费的午餐。我埋单了，也替你埋了单。女人的爱始于恨，止于忘记。

我点着鼠标给她打了几个“闪屏”，后来觉得自己的心才是更震荡的。我说不出什么。

铭文找我去喝酒，问我能不能闭嘴不说事，只喝酒就去，要不就别去。我犹豫了一下说去。喝了酒还能不说事？铭文先说开了。他说他与大玛办过两次事，他说大玛的结论是还是我最好，大玛说性漂泊一点意思也没有。说我消灭了她与其他人的快感。铭文还说我与小青不合适。他说：“大玛多好，你与她结婚就什么都有了。”

我喝了玻璃茶杯里的大半杯酒，举到头顶上摇了摇证明一滴不剩。铭文不喝，他说喝了就会告诉我是他拆了我与小青的事。第二天他打电话给我时我说我们昨天喝醉了，应该是做朋友后的第三场醉。他说他没醉，他说他还很清醒地埋了单，我说我也埋了单的。

大玛终于打来电话。我到她住的宾馆。我们什么话也不说就疯狂地做爱，我想让她一辈子也忘不了我。我不知道为什么这么想。第二天中午她躺在床上连动弹一下的力气都没了，我撑着身子穿上衣服，出门时她让我替她扔一袋垃圾。我拎着她指给我的旅行包出门后忍不住拉开拉链看了一眼。

我转身敲开大玛的门，大玛还光着身子，她妩媚地冲我笑了笑又躺回床上，以一个暧昧的姿态迎着我。我把旅行包扔向她，包里的钞票散落在她光溜溜的身体上。

无底洞的底

这件枪案除了留在公安局、检察院和法院存档的卷宗，留在这个世界上的痕迹真是越来越少了。死者康隆的家人在尽力把他从记忆里抹掉，为了消除他曾经存在的痕迹，他们卖掉了在老城区里的房子，丢弃了里面有可能引发记忆的一切物品。

“但这样仍然无济于事。住在银行分配的福利房里，康隆的父母真的就能颐养天年了吗？他们现在得到的一切可都是与康隆的死有关系的啊。”

把话说这么刻薄的人是吴安平，一个成天想从身边找一些事情写写的业余作家。他一直盯着康隆被枪杀这个案件，认为案件并没有真正侦破，司法部门是把一件故意杀人案变成了罪过要小得多的过失杀人案，凶手因此重案轻判逍遥法外。这些年吴安平从起初的愤愤不平到后来对案情紧追不舍，弄了许多的假设和推想出来，这种所为要是能够让他所说的凶手绳之以法倒也好了，事情不是那么回事。司法部门是重事实重证据的，尽管他写了很多的材料给公安局和检察院，但他不是当事人也不是当事人的什么亲属，有人直接告诉他，还不如用这些材料做素材去写小说。

要不是吴安平，康隆的父母亲早就从丧子之痛中解脱出来了。吴安平不时地打电话或者跑到康家对两个老人说死去的康隆，无外乎是说康隆死得悲惨，蹊跷，要寻找真相什么的。这无异于往他们老两口的伤口上撒盐。不像话的是他后来居然指责康隆父母亲对冤死的儿子无动于衷。见他这样让康家不得安宁，有人站出来指责，说他是“无事痨”，一根唯恐天下不乱的搅屎棍。

康隆的弟弟康辉为了替父母摆脱这个麻烦，请吴安平去吃了酒店，他说父母亲为他哥哥的事情伤心得过了头，怕是都伤心不动了。

“你不知道，事情发生后的那两年我们过的是什么日子。”说着说着康辉的眼泪就要淌下来。吴安平说：“真相是无底洞的底。”他说他还是要去挖，直到找到真相。

康辉没有办法，谁也没有办法，吴安平就是要找这个事情做。他说康隆曾经托过一个梦给他，说他死得很冤。

不知道有没有人相信吴安平的话，人们说到这件事的时候，想到他是一个写小说的就不说什么了。也不说他虚构。小说以外的虚构，谁都知道那就是说谎。

1．杀人犯归来

过失枪杀康隆的罗维戈被判了七年有期徒刑。罗维戈刑满的时候，吴安平是这么说的：“时间过得真快，一眨眼康隆都冤死了八年。”好像只有他还记着康隆似的。

罗维戈劳改释放后，母亲让他到深圳住了半年，他舅舅在那里做生意发了大财。罗维戈当然不是到改革最前沿的深圳去考察，而是去享受了一番花天酒地的生活，或者说是在那里做了某些方面的补课。从深圳回来的罗维戈第一件事就是找吴安平，把他约到小县城里最好的一家咖啡厅。他们以前是相识的。

吴安平在接到罗维戈约他的电话后，认真地想了想，罗维戈这么做的动机是什么？他还是赴约了。到了咖啡厅，见到早已等着的罗维戈，他第一句话竟是“我是不喝咖啡的”。罗维戈笑了笑说：“我陪你一道喝红茶。”他介绍这里的红茶很地道，不再与吴安平商量，让服务生来一壶，在里面加两片柠檬。

泡着袋装红茶的茶壶和两只杯子端上来时，罗维戈把话往正题上说了：“我去了康隆家，去认罪，去给他父母亲磕了头。请他们饶恕我。”

吴安平打断他的话：“有这么简单？他们会原谅……不……饶恕你？”

罗维戈说：“他们什么话也不说，陪我站了一会儿。最后康辉让我走的，他是康隆的弟弟。他说：‘你走吧，不要再来了。’

“康隆的死真的是一场意外！我想对所有的人说，康隆是我的朋友，好朋友！我怎么能要他的命呢？我想知道他父母是怎么想的，现在看来那是不可能了。我知道你也不相信我是失手，以为我是故意害死了康隆。你一直在盯这件事，甚至希望真相如你猜想的那样。”

停顿了一下，罗维戈说：“我想你现在当着我的面把你的想法、你的判断说出来。”

吴安平说：“你真的想这样？”

罗维戈说：“真的！”

吴安平说：“你是要在我面前再展现一下你坦然、伪装的无辜表情？”

罗维戈说：“就当作这样吧，给我一个机会。”

吴安平打量了罗维戈好一会儿。他没有想到罗维戈会这样。

“我不是警察，不好对你进行刑事侦查；我不是检察官，不好对你进行起诉；我更不是法官，不好以我认定的事实对你定罪。我只有把你写到小说里，在小说里探究案件的真相，或者说揭露你。”吴安平不急不缓地来了这么一大段，意在捣乱罗维戈的阵脚。

罗维戈说：“那么我想看看小说，看你究竟把我写成什么样子，看你认为的事情真相究竟是什么。”

“好啊！”吴安平说，“不过，你得自己去找，在1999年第二期的《长江文学》上，这本刊物在图书馆里可以找到。

“如果你能够找到电子版就更简单了，只要把小说的主人公阚龙在电脑里做一个替换，改成康隆就 OK 了。至于其他的，你知道你是谁，你也会知道小说里的其他关键人物，只是你看了不要激动。另外，我告诉你，小说是文学作品，是虚构的，你不要与生活中的某些人和事对号入座。还有，你要珍视回到社会的生活，更不要忘了，你曾经是一个杀人犯，过失杀人也是杀……”

2. 与真相有关的小说

罗维戈找到那本《长江文学》并没有费什么事，帮他找刊物的同学毛定岗说，注册一个用户，在收费的期刊网站上也能够看到。毛定岗是在图书馆里帮他复印了这篇小说。

小说的标题叫《哈姆雷特的独白》，利用了“生存还是毁灭？”这句经典台词，拆分作三个故事的小标题。故事“生存”和“还是”看起来是写的其他人的，而“毁灭”这一篇在罗维戈看来一定是写他的。

……

关键词：毁灭

工商银行有一位叫阚龙的经警在金库被同事枪杀了。

这样的事情发生在高沙市这样一个县级市里马上便家喻户晓，各种途径得来的消息成为人们茶余饭后丰富生活的谈资。我很快就听到了这件事的不同版本，上午在单位听到的和中午在家里老婆对我说的简直驴唇不对马嘴。为了让饭桌上喋喋不休的老婆住嘴，我提醒她：“你不是公安局的，不要把街谈巷语搬到家里来。”她说：“你是检察院的，你知道案情，你告诉我呀。”

我没有什么能对她讲的，一是这个案件还没有到我们检察院，二是我也从来不在家里谈工作。

晚上，我过去的老上司，警察武劲找到我家里，奇怪地开门见山地告诉我是为了银行的枪案来的。我有些敏感，他看出我在装为难的表情，拍了一下我的肩膀。我们知根知底的。

他说这个叫阚龙的经警是他的妻侄，死得太惨了，吃一颗子弹，还打在脑门上，惨不忍睹。他只是让我帮他到殡仪馆去开个后门，看一下阚龙的尸体。不是他要看，也不是阚龙的家里人看，是阚龙一个在苏州读研究生的同学要看，他们两人同学十多年，感情很深，他是从苏州赶回来的。为了见阚龙一面他跪在阚龙的父母亲面前不起来，阚龙的父母亲只有把这件为难的事情交给他。

阚龙的遗体是刑事案件的重要物证，公安局肯定对负责保管的殡仪馆有要求，我作为司法人员介入这样的事情是不应该的。可武劲是培养过我的人，回不起他的面子，他知道我和殡仪馆的关系好。

我还是给殡仪馆孙馆长打了电话。电话那头的孙馆长以为又是我什么亲戚朋友殡葬的事，劈口问我：“时间、地点、人物？”

我说：“时间，明天早晨五点；地点，停尸间；人物，看一下冰柜里阚龙上面一层的那具遗体。”

孙馆长说：“看下面一层的那一具吧，阚龙是放在顶层的。”

我说：“你孙馆长也太精明了，我就实话实说，不是家里人看，是一个同学。”他说反正都是看，千万不能碰尸体，也不能太激动。武劲在旁边一个劲地点头，我说：“行，我保证。”

第二天我没有陪他们去殡仪馆，由武劲带着那个同学去了。

碰巧的是，省公安厅为阚龙案件派到高沙市指导侦查的痕迹专家李建军是我的同学，我还是在上午去了殡仪馆。

李建军在检验阚龙的尸体，向我挥手招呼了一下就继续俯下身子忙去了。孙馆长把我拉到一边说，早上来的人往阚龙的尸体上扑，拉都拉不住，还哭得惊天动地的。我握住他的手说，又欠了他一壶。

阚龙的相貌绝对不像短命鬼的样子。年轻、俊秀，皮肤白皙。上身着一件那年流行的槟榔色王子T恤。枪眼醒目地留在脑门上，边缘有暗褐色，是血液干了后留下的。殡葬工帮助李建军将阚龙的尸体翻了个身，这样就看到后脑勺有一个比脑门上大的窟窿。李建军用尺量了一下创口，对身边高沙市刑警大队的刑警说："确实是近距离开的枪，枪几乎顶着脑门。"看来，李建军已经看过案发现场，勘察过现场阚龙卧尸的位置以及弹头的着落点。事后我知道，这与开枪者的供述是吻合的。

晚上我陪李建军以及省厅来的另一个法医吃饭，此前他们对枪案给了个指导意见：以定误杀为宜。饭桌上还有市公安局一位分管刑侦的副局长，大家谈笑风生，没有沾一点案件的话题，我们喝了不少的酒。

公安局对枪案定性为过失杀人。阚龙的亲属有异议，他们不能接受，为此他们在找检察院表明他们的态度以后，准备到北京去上访。他们怎么也不相信这是枪走火，更不相信是开玩笑造成的。

武劲对亲戚们说："我相信！我相信公安局的结论没有错！杀阚龙的人是他的同事，是他的朋友，你们也认识，他还到家里来吃过饭。他们无冤无仇，这人根本没有杀阚龙的动机。"

武劲在公安局工作，是郊区一个派出所的副指导员，局里不会不知道他与死者阚龙的亲戚关系，找他出来做工作是有可能的。

武劲对局里的结论也不能完全接受。他找到我多次陈述他的疑问，要求检察院重视案情。我只有劝他照程序来。从他的陈述中我大概知道了枪案的一些情况。

阚龙和许双格都是退役武警，退役后被安排到银行工作，成为负责金库保卫的经警。那天本该阚龙当班，他女朋友硬拉他去看电影《卡桑德拉大桥》，于是他就向队长请假，与同事许双格调了班。

看完电影将女朋友送回家的阚龙见时间还早，大概十点钟不到吧，就到超市买了包花生，去银行看替他代班的许双格。金库值班室是有摄像机 24 小时录像的。事后调出的录像显示，阚龙从进值班室到枪响倒地，历时共 3 分 24 秒。

金库值班应该两个人，阚龙问另外一个人怎么不在，许双格说他到大门的传达室找开水泡方便面了。阚龙把带来的花生拆开包，俩人隔着桌子对坐着，边吃花生边聊《卡桑德拉大桥》这部电影的情节。许双格似乎更热衷于美国西部片，手舞足蹈地站起来比画，他欣赏牛仔拔枪的动作。许双格的枪当时是放在桌上左手位置的，是一支 54 式 7.62mm 手枪，他背起枪套做了几个拔枪收枪的动作，阚龙笑着摇头，可能是不欣赏他。许双格再次拔枪出来时对着阚龙的脑袋，枪口距离头部约 1.2 米。手枪击发时许双格嘴里发出模仿枪响的“砰”声，但是被真的枪响覆盖了。这一声“砰”很重要，录像机里提出的音像资料经过技术处理证实他确实有这么一声。

所有的问题在于枪怎么就响了。值班时的枪械除了遇到情况才能上膛，经过训练的持枪人在上膛后会有一个习惯性的打开保险的动作，瞄准后击发前也有一个打开保险的动作。而且，用枪口对着人这是禁止的，更不用说抠扳机击发了。

许双格为什么这么做？找不出理由。但是，许双格要是想杀阚龙，他就可以利用这一点，利用人们通常在因果关系中找答案的心理。

武劲一定认为许双格有问题，觉得他是铤而走险。他说这可能是一种真正意义上的谋杀，以承担过失杀人罪为代价，掩盖其杀人的真正动机。我说许双格在案发后一直以泪洗面，并长跪在地痛不欲生。武劲说这一切都可能是伪装的，恐惧会催生他的悲哀，让他装得更像。

后来的一段时间，阚龙家的人提出对许双格使用测谎仪，说即使不能作为证据他们也要一个明白。测谎仪的结果开脱了许双格，他被检察院以过失杀人罪提起公诉，法院判了他七年。

枪案的事情应该就这么过去了，从司法程序上来说已经结案。

发生枪案的银行在次年分来一个长得极像许双格的小伙子，他遇到了一件令他非常尴尬的事，门卫赵老头的精神病女儿见到他就发疯病，在众目睽睽下解开裤子往他身上贴，这种事发生了不止一次，造成了很不好的影响。倒霉的小伙子不得不调到一个小镇上的储蓄所去做营业员。

这件事我一点也不知道，武劲也是看了那个叫王澍的作家的小说以后才知道的。

王澍是高沙市的一个省级作家，对发生在小县城里的事情有很强的捕捉能力。银行枪案、疯女孩、倒霉的营业员……作家被触发了灵感，写了部中篇推理小说演绎了枪案。

小说中“作家”在案情中找到了“许双格”枪杀“阚龙”的动机：“许双格”奸污门卫精神病女儿被“阚龙”发现。与其案发后被判定为臭名昭著的强奸精神病人的强奸罪，不如杀人灭口顶一个过失杀人罪。这样起码在出狱后容易被社会接受。

“作家”找到“许双格”服刑的劳改农场，告诉他案情大白了，“许双格”说他以为事情已经过去了，他现在已经真的认为自己是过失杀了“阚龙”，说再做一次测谎还是这样。“作家”告诉他录了音，会把这个录音作为证据提供给警方，规劝“许双格”投案自首。“许双格”一口唾沫唾到“作家”脸上，“作家”高兴地看到了这个冷酷杀手的失态和恐慌。

如获至宝的“作家”走出劳改农场的会见室后，发现由于自己操作不当，并没有用 MP3 录下他和“许双格”的对话。

“作家”只有希望最好的结果出现——“许双格”心理崩溃。

“许双格”没有自首，相反地由于服刑时表现好而得到了减刑。

出狱后的“许双格”将面临一个誓死要揭露真相的作家……

阚龙的家属们并没有十分在意这篇小说，有人将这篇小说拿到他们面前过，他们家没有一个人有勇气看。他们丧失亲人的伤痛已经痊愈了，悲哀也已经淡化了。在这件事后，他们想到，即使许双格故意杀了阚龙，再枪毙他也于事无补。他们觉得必须接受这个事实，让生活有安宁，恶有恶报，善有善报。

知道这个情况我很是欣慰，直到有一天奇怪的事情发生。

高沙市法院民二庭的陶庭长告诉我，他有一个女当事人说，是她害死了阚龙，她在承担一辈子的自责。听她说得认真，以为与过去的一桩刑事案件有牵连，哪知道了解下来不是这么一回事。

仲凤是阚龙生前的女朋友，他为了和她一起看电影《卡桑德拉大桥》调了班。

仲凤说她与阚龙很相爱，他们的恋爱到了谈婚论嫁的阶段。他们在一起时很亲热，就是没有突破底线。主要是她在坚守着，觉得这种事应该发生在新婚之夜。

那天看完电影后阚龙提出到他家坐一会儿，她没同意。前一天他们在外面散步后回到阚龙家里，两个人在小房间里激情难抑，差一点就到了那一步。这天要是再去，定会上演昨天的一幕。阚龙没有坚持，他哪怕再要求一下，或许只是揽一下她的腰，她就会跟他进去的。

阚龙的这种态度她理解为对她的尊重，代价是他去银行送了命。

仲凤在阚龙死了以后痛不欲生，陷于深深的自责中不能自拔，她打定主意独身一辈子。三年后阚龙的同学，好朋友路朝发从医学院毕业后回到高沙市中医院做了医生。他经常找机会安慰仲凤，并对她产生了感情。他向她求婚时她答应得有点勉强，说他将来一定会后悔的。

结婚后他们有了个漂亮的女儿，仲凤给她起名叫路龙凤。女儿四岁的时候，什么兆头也没有，什么迹象也找不出来，路朝发突然就铁了心要离婚，还说要再不离婚就崩溃了。

替他们调解的朋友知道原因，问题似乎出在仲凤身上，她总是说阚龙不该死，总是说不是因为这个阚龙会怎么样，要是因为那个会怎么样，唠叨个不停。路朝发觉得仲凤最混账的话就是：“要是阚龙在，我怎么会嫁给你？”

仲凤和路朝发最后协议离婚，办完了离婚手续，仲凤说：“当初答应和你结婚时就料想到有这么一天。”

路朝发说：“那就更要离了，太可怕了。”

离婚后仲凤倒反而不说阚龙的事了，再也不提一句。她经常挂嘴边上的是：“我们谈对象时就是这样的。现在，他受不了了。受不了了……”

仲凤家里人带她到精神病医院检查过，医生说她不算精神病。

换了家医院的医生说她有病。

3. 小说虚构了多少？

罗维戈看完小说后，费了一番周折找到钟娟的手机号码，电话打通了听到的是一个让他感到陌生的声音，略沙哑、显得疲惫。

她说：“是我，是钟娟，你快说话！”

他说：“我是罗维戈，我，想见见你。”

她如罗维戈预料的那样，有点惊讶，“哦”了一声就沉默了。一会儿，她不紧不慢地说：“不会吧？！再说我为什么要见你，有什么必要？”

他说：“有必要。非常有必要。”

她笑了，显得宽容又很无奈：“算了。因为康隆你已经得到了应有的惩罚，牢也坐了。我现在结婚有了孩子，不希望过去的生活影响我。”

“那么，现在就因为你，我也一定要见！”罗维戈的声音大了起来。

“莫名其妙。”钟娟说了这么一句后搁了电话。

罗维戈知道，自己显然是过急了。再一个，自己应该编一个说得过去的理由。

第二天上午他接着给钟娟打电话。她在电话里什么也不说，只听他一个劲地说，要见她，一定要见她。在过了五六分钟后她怕是听烦了，把电话挂了。罗维戈再一次打过去时她的口气很不好：“你什么意思？话费可是很贵的！”

许是被缠得没办法，钟娟最后还是答应了罗维戈的见面要求，不过她提出来必须在她家里，当着她老公的面。罗维戈咬咬牙，说了声“行！”钟娟还说，什么时间去她家要听通知。罗维戈也只好答应。

等到钟娟打电话让罗维戈去她家，是十天以后。她要告诉他地址，他说已经知道了。

钟娟说：“我们家那位这两天情绪还可以，但说不定。见到你肯定要给你脸色看，你要有思想准备。”她像是建议，“你提两瓶酒来，没准气氛会好一点。”

罗维戈“噢”了一声算是答应，转过来，问她的那位喝什么档次的酒。钟娟说一般的酒就行，二三十块钱一瓶的最合适。罗维戈听钟娟的语气有点不好意思。他这么问倒不是在乎钱，而是想妥当一些。

在到钟娟家的前一天晚上，罗维戈失眠了。他想不明白，钟娟为什么不问他见面的目的，只字不提。还有，见到钟娟的老公他如何应对？

罗维戈直到第二天上午才昏沉沉地睡了。醒来已是下午三点多，家里没人，他知道母亲肯定是去“血战到底”了，每天中午几乎一放下饭碗她就起身出去，不知道谁发明的这种麻将打法。过去他也打麻将，那时候没有这种打法。已经过了饭点，肚子也感到饿了，他没有热母亲给他留的饭菜，而是到街上的小吃店去吃一碗馄饨和面条下一道的“饺面”。这是他非常喜欢的小吃，鲜，酱油是搁了河虾籽蒸过的，再多讨一勺猪大油，撒上青蒜丝，吃的时候脑子里什么念头也没有了。回来后几乎每天都要来一碗，少吃了七年多的“饺面”他想补回来。

在一家超市里罗维戈买了两瓶中档的金六福酒，售货员帮他装在塑料袋里，告诫他要托着袋子的底部，言下之意袋子不结实。出了超市他把装着酒的袋子在空中划了一圈，见酒瓶没有蹿出来。他知道这么一来就不会再有什么问题了。捧着两瓶酒去见钟娟是很滑稽的事情，他才不会呢。

钟娟住在馆驿巷，到她家要经过西门大街。西门大街依古迹修缮过，景象不伦不类，宛若一个穿马褂西裤的人。罗维戈正东张西望，他的衣角被人拉了一下。回过头去，见是一个五六岁的胖乎乎的男孩。

男孩口齿伶俐，说："我妈妈说，手上提两瓶酒的叔叔是到我家吃饭的。你跟我走。"罗维戈说："我不是去你家的。"男孩说肯定是的，对罗维戈用这种小诡计骗他，他"哼"了一声表示轻蔑。罗维戈去摸男孩的头，他厌烦地拨开手说："脏不脏？"罗维戈正色道："我手不脏，一点也不脏。"

跟在男孩后面走了不多远，罗维戈就看到了钟娟的家，那处院墙里冒出枇杷树树冠的低矮平房。前两天他依照别人提供的这个特征已经找到这里，在外面打量过一番。

在进钟娟家门之前罗维戈心里有点紧张，他对自己说："我遇到什么事情都不怕的。"尽管这样，他的脚步还是慢了下来，离男孩远了一点。

男孩一进门就对里面喊："妈妈，吃饭的人来了。"跟交差似的。

院子很大，里面没有立即跑出人来。罗维戈四下里瞄了两眼，很旧的平房，一溜三间，东面拖的一间厢房一定做了厨房，里面伸出一根抽油烟机的烟囱。几间房看得出是上世纪七八十年代砌的，因为那时候兴空斗墙，门窗虽换成铝合金的，还是显得破旧和寒酸。

三间房的中间是堂屋，里面伸出一个中年男人的头来，招呼罗维戈，一连说了三声请进，身子就是没有出来。待罗维戈进去，看到他手上拿着一个花的围裙，一定是刚刚解下的。罗维戈想，他一定是钟娟的丈夫鞠安贵了。罗维戈看鞠安贵的年纪比他要大很多，或许只是显老，他穿着一件皱巴巴的浅灰色西服，明黄的暗格领带刺眼地系在油腻的粉红色衬衣领上。他没有给罗维戈让座，只扯着嗓子喊："钟娟，钟娟你出来，你的客人来了。"

钟娟没有应声，从厢房也就是厨房里拿着一把锅铲出来，见到罗维戈轻声说了句："你好。" 罗维戈笑着点了点头，这是他事先设计好的，他要求自己的表情要温和端庄，笑容必须是礼节性的。他知道边上有一双眼睛在观察他们。

钟娟看到罗维戈放到茶几上的酒说："这么客气，还带东西来。" 罗维戈看了看边上的小孩，说不好意思，应该给孩子带礼物才对，忽略了。鞠安贵把手摇到罗维戈面前来，说没这个必要。

钟娟把小男孩拉到罗维戈面前，让他叫罗叔叔，接着指了下鞠安贵说："我们家小克的老子——鞠安贵。"

这会儿，他学刚才钟娟的口气对鞠安贵说了声"你好"。鞠安贵显然不是罗维戈的风格，他搓搓手说："我们喝酒、喝酒，到我这里来要喝酒。"看了看钟娟，他又补充一句："平时，都是我带人回来喝酒。"

罗维戈也不客气，大方地坐下来。钟娟约他这个时间来显然也是有留他吃饭的准备的。刚才，罗维戈认真看了钟娟一眼，她胖了，一点也不像过去，也不像他在监狱里想的那个模样。他很失望。倒是局促、尴尬和不安被抛到了脑后，没有了沉重的念头，他感觉轻松自如起来。

端起酒杯后罗维戈甚至主动起来，他对鞠安贵说明来意，把吴安平的那篇小说掏出来，说找钟娟是要联合起来去法院告吴安平，告他的诽谤。

罗维戈对鞠安贵说："我没有杀人，你们也不像他写的那样，你们过得好好的，我看着幸福着呢。是不是？"

鞠安贵喝干了酒放下酒杯："老罗，你因为这件事吃过大苦；我呢，看起来倒是占了便宜，娶了钟娟做老婆。就像你说的，我们现在过得好好的，不去找事做，喝酒……"

罗维戈听他这么说就收起了小说。钟娟端菜过来，像是听见了鞠安贵刚才说的，她对他说："你现在怎么这么消停呀，怎么不像过去那样骂我克夫？说要不是你娶我，我就没人要了，真是出了鬼了。"

她拿起罗维戈的酒杯干了，斟满了又喝了一杯。罗维戈见此情景不知道怎么好，看得出他们夫妻俩是要较劲，他不想夹在中间，又不能站起身来离开。

鞠安贵骂骂咧咧起来，骂钟娟贱，骂她是人来疯。罗维戈只有劝鞠安贵，不是要他息骂，而是要他喝酒。他把酒一口干了，对鞠安贵示意他的空杯子，鞠安贵不甘示弱，与他一杯接着一杯地干。

本已离开的钟娟走过来，一把夺过罗维戈的酒杯，让他不要喝了。鞠安贵恼火了，瞪着一双血红的眼睛。钟娟不等他发作，抢先说："我告诉你干什么，为什么，我护着他，就是护着他。他爱过我，现在就怕还爱着我呢……"

鞠安贵呸了一声说："你……讨喜宝子，万人爱？鬼才相信你的话。"

钟娟冷冷地说："人在你面前，你可以问他。"鞠安贵看了罗维戈一眼，并不怀疑的眼光。

罗维戈说："是的。"

钟娟听了语焉不详的这一句，冷笑一声，得胜似的出去。

鞠安贵端起酒杯对罗维戈说："疯子。自从我下岗她就疯了，还拿你来垫她，以为这样她就不低我一头了。当初要不是我娶了她……"

罗维戈说："我知道了。"

鞠安贵说："我不是没有办法了，我还有一招没用呢，我要狠狠地扁她，让她知道我的厉害。"

罗维戈拍了一下他的肩膀，厉声说："你敢打她？！"

鞠安贵像是不明白，说："我敢。"

听得出鞠安贵不是抬杠，是在说明自己，罗维戈就打起了主意，看起来他的酒量不如自己，干脆让他喝躺下算了。

最后，鞠安贵喝得趴在桌子上，而罗维戈事实上也喝多了。在以后的两天里他试图回忆起那天最后，也就是离开时的情景，怎么也回忆不起来。

他有点懊悔，想：我为什么让钟娟喝酒呢？她说的话要是她老公相信了，计较我怎么办？

她为什么要对她老公说我爱她呢？

4. 进入小说

罗维戈在接下来的几天里把钟娟想了又想。

在想到她的时候，他的身体理智了起来。不像过去那样反应强烈。过去八年多的时间里，他一直意淫着她，身体里为她流出的液体，装在洗脸盆里一定是满满的了。有一点他非常奇怪，他从来没想到钟娟会有痛苦的表情，甚至觉得她站在死去的康隆面前也是笑嘻嘻的。

从深圳回来后他对女人的身体有了真正的了解，在街上即使见到穿戴整齐的女人也能够想象出她们赤裸的样子。钟娟已经不是过去那个有着妙曼身材和迷人笑容的女孩，第一眼看到她就知道，她已经不是过去的那个她，她胖了，身形发酵了一样大了一圈，脸圆了，腰粗了，身体臃肿了。而过去撞人眼的挺拔胸部竟瘪塌塌的，看不出形状。一句话，曾经洋溢在她身上的青春气息一点也没有了，她对他的笑明显地掩藏着什么，像一缸搅起来的浑水，而她在丈夫面前的笑多半是鄙夷的冷笑，或者是尖刻的嘲笑。就冲钟娟当着丈夫的面对自己的逼问，罗维戈已经感到她是一个有心计的女人，竟然懂得利用他人与自己的生活抗争。要知道，他罗维戈可是个在她生活中有特殊经历的男人。她究竟想干什么呢？

思前想后的罗维戈到超市里买了笔记本，开始写的时候记了日期，打算以后每天都记一点。可也就写了那么一行字，就不知道下面该写什么。

——生活改变了我们。

这个“我们”是包括钟娟的。这个和他一起被生活改变的女人过了不久给他打来电话，电话里她说：“要是八年前我们就在一起多好！”

罗维戈没用一点时间体味她的话，紧接着就破口大骂：“× 你妈的！你怎么不说‘要是我们之间没有康隆多好’？”

“可是，没有康隆我们怎么会认识啊？”钟娟说。

罗维戈说：“我想过这个问题，没有他我们也一定会认识，大街上也可能会见到你呀？”

钟娟哼了一声说：“大街上花花绿绿的，要看见的也不是我一个。”

罗维戈打断她：“不说了。不说了！现在说这个一点意思也没有。”

钟娟不想把话打住，接着问：“我问你，那时候我和康隆好，你是不是就喜欢我了、想着我了？”

罗维戈说：“没有。告诉你，肯定没有。那天在你们家我之所以顺着你说了一句，和喜欢你、爱你没有关系。”

“那是因为什么，为什么这么说？”钟娟追问。

罗维戈说：“那是因为我觉得你希望我这么说，那是因为我有一个男人的胆量。”紧接着他警觉起来，“只是这种胆量和杀人无关，我的那件事是一个过失，严重的过失。”

钟娟问：“你有没有想过要对我说一声对不起？”

罗维戈迟疑了一下：“想过。但不会这么做。”

钟娟说：“你现在的这种胆大是硬撑着，是装出来的，那时候你为什么不敢对我说，不敢对康隆说喜欢我？”

罗维戈说：“犯不上。犯不上这么做。你为什么不告诉警察我喜欢你？那样的话，就变成桃色枪杀案。我也就像有些人希望的那样被枪毙了。”

“那样对我有什么好处，你想过没有？”钟娟居然反过来问他。

罗维戈说：“你当初对我的态度是对的，人过好自己现在的日子，不要再去想以前的事情，此一时、彼一时了。要往前看。”

挂电话前罗维戈重申一句：“我们以后不要再联系了。”

5．谁要了谁的命？

鞠安贵打电话给罗维戈。罗维戈想，那天和他喝酒时大概给过他电话号码。鞠安贵说钟娟去找了那个作家吴安平，说要了解小说的事。

“她以前不许我提康隆的事情，现在倒好，成天挂在嘴上唠叨个不停。她这样绝对是别有用心，是要和我闹离婚……”

鞠安贵愤愤不平地、颠三倒四地说钟娟，说她和康隆的关系，说她当初是如何晦气，说自己顶了多大的压力与她恋爱结婚。

这当儿罗维戈在想鞠安贵来对他说这些的意图，不就找了一个死了男朋友的女人做老婆吗，受了多大委屈？竟然觉得自己做了英雄一般。到了总算能够插一句嘴时，罗维戈说：“都怪我不好，康隆要是不死，你哪里有这样的麻烦？”

鞠安贵像是听不出罗维戈的话中话，喝了口茶又说开了。

到天黑时，罗维戈建议去找一家饭店喝酒，鞠安贵一听来了精神，马上站起身来就走。

在酒店里他们两个人喝了很多的酒，两瓶剩下的一点点要不是泼在桌子上肯定也喝掉了。罗维戈希望鞠安贵在酒喝大了时说一些他想听的话，他没有如愿。有些价值的话是鞠安贵说，钟娟要是给他三万元就同意离婚。说这句话时鞠安贵还没有喝多，他还说罗维戈之所以在他面前承认喜欢钟娟什么的，是觉得欠她的。罗维戈对鞠安贵的话没有说是，也没有说不是。

钟娟第二天打电话给罗维戈，问他昨天有没有和鞠安贵在一起喝酒。罗维戈说喝了，就他们两个人喝的。他问钟娟是不是在和鞠安贵闹离婚。

钟娟问："你关心这个？"

罗维戈说："是的。我没有给你带来什么吧？"

钟娟笑了笑："我即使离婚也和你没关系，你不要害怕。"

罗维戈解释说，他不是担心与自己有无关系。钟娟说："那好，我到你这里来，你告诉我，鞠安贵怎么和你说的。你把情况一五一十地告诉我。"

罗维戈急忙说："你不要来，我不想卷进你们的纠纷之中，我不想蹚浑水。"

钟娟说："我看了那篇小说，我有问题要问你。"

见罗维戈不吭气，钟娟说："你不会怕我问这些吧？"

罗维戈说："不怕。我怕什么？"

一会儿钟娟就到了。她骑电动自行车来的，在门口架车子时罗维戈的母亲看到了她。罗维戈的母亲认定这个女人肯定是来找自己儿子的，她冲罗维戈喊："有个婆娘来找你了。"罗维戈当然知道来的是谁，嘴上却说："会有什么人来找我?！"

这天的钟娟不像那天在家里的样子，换了个人似的，鲜活了起来。她穿的衣服很紧身，此前那让罗维戈觉得臃肿的身形被紧包在衣服里，变得丰腴和撞人眼球，一下子让他有了另外的感觉。他有点慌张地招呼她，回过头来看了一下身后的母亲。母亲明白了他的意思，马上对这个还站在门外的年轻女人发出了邀请："请进，请进。"

钟娟进门后，罗维戈的母亲继续表达她的热情："我们家难得有女孩子来，欢迎，欢迎。"说着替钟娟搬来一把椅子。

罗维戈有些不悦，怕就怕母亲在外人面前对人家黏三黏四的。他要钟娟到房间里去坐坐，钟娟点点头跟在他后面。罗维戈的母亲在背后殷勤地说：“姑娘，晚上在我们家吃饭……”

罗维戈有点不耐烦，顺手将门关上。钟娟小声地说：“你妈妈对人真客气。”罗维戈“哼”了一声。

在钟娟打量房间的时候，罗维戈泡了一杯速溶咖啡放在电脑桌上，钟娟坐过去，随手摇了一下鼠标。罗维戈让她喝咖啡，她转过身看着他，做了一个他非常熟悉的双手抱膝的动作说：“你喝吧。我要开水就行了。”罗维戈问她为什么，她说喝咖啡太兴奋。罗维戈说：“兴奋不好吗？我就想自己多一些兴奋的时候。”

钟娟将抱膝盖的手移到腿面上，将肩膀撑了起来，浅浅的笑从嘴角扬了起来：“兴奋了睡不着。”接着又补充一句：“白天喝一点点都不行。”

罗维戈转过来给她倒水，身后的她问：“昨天你们喝酒时说了什么？”他正开水阀的手停了下来，却没有转过身来。

“你老公问我是不是爱过你，问我们的关系深不深。”

“你怎么说的？”钟娟追问。

“我怎么说啊？我告诉他爱过你，想过你，想有那种关系，但连毛也没有沾到一根。”

“罗维戈你神经病，你不会真的这么说吧？！”

“我真的这么说了。不过，你不是也看透了我心思，那天还在你们家酒桌上告诉你老公了吗？”

“我那么说是借你气气他，他把我不当人，对我不好，以为我晦气。”

“这什么话？”罗维戈说鞠安贵又像是在说钟娟。

钟娟沉默了一会儿，猛然问罗维戈：“那篇小说你也看了，上面说你的像吗？不会无影造西厢吧？”

罗维戈说：“首先我告诉你，这是小说。拿小说里的事与我对号干吗？我那个时候对你有好感，嫉妒康隆，可也犯不上去要他命也坏了自己前程啊，你说是不是？”

钟娟回答："我说不清楚。有时候我倒是想，你要是真的因为我而……"

"而……什么？我会因为你而杀了康隆，真是脑子坏了！"像是突然醒悟了，罗维戈问钟娟，"你不会是来套供、寻找事情真相的吧？"

见钟娟不吭气，罗维戈接着说："也真难为你，这么多年了，还想着康隆，想着替他报仇呢。"

钟娟气恼地站起身来，将面前装满咖啡的杯子砸在键盘上，骂罗维戈不是人。欲夺门而出的时候，罗维戈一把抱住她。她质问："你干什么？"他说："你现在不要走，我妈妈留你吃晚饭，你没吭气就是答应了。"

钟娟挣脱他说："什么逻辑？不吭气就算答应了。你要是强奸我，我没吭气也是答应了？"罗维戈听她这么说，愣了一下疯了，将她推倒在床上，用胳膊和腿别住她扭动的身体，一件件地脱她的衣服。

到最后一件的时候，罗维戈住手了。她双手拉紧内裤，用头拼命地撞他的胸部。

在罗维戈松开手以后，她趴在床上半天没有动弹。罗维戈有点紧张，怕她哭闹什么的。她并没有哭，坐起来后赤裸的身子也没有避他，就在他眼皮底下穿衣服，一件件地往回穿，慢吞吞地。

钟娟走了以后，罗维戈的母亲马上跑到他房间来。她四下里打量了一番，哀求道："小太爷，你千万不要再闯祸了，我的命已经搭给你半条了。"

6．寡妇都这样

罗维戈在钟娟离开后觉得自己是吃了一只死苍蝇，非常难受。第二天当钟娟再来时，他把她挡在门外。

钟娟在移动公司上班，是下了中午班过来的。这当儿罗维戈的母亲在外面打麻将还没有回来，罗维戈百无聊赖地在电脑上看一部漏洞百出的警匪片。

钟娟白了他一眼："这么挡着我是不让我进呀？"罗维戈说："不是，我母亲和邻居在家里打麻将呢。"钟娟说："不要编了，我怎么没听到麻将的声音？"她往屋里大声喊了一声"阿姨"。见屋里没有应声，猛推了罗维戈一把。

罗维戈让开了身子让她进去，不远处有人走过来，他不想让左邻右舍看到一个女人在家门口纠缠。

钟娟进了门径直往房间里走，她没有像昨天那样坐在电脑桌前的椅子上，而是大大咧咧地坐到床边上。这样，她就好面对着站在房间门口的罗维戈。

罗维戈说："你不怕我再对你做什么？"钟娟说："怕什么？"见罗维戈居然有疑惑的样子，她接着说："你昨天那个样子说明你还是喜欢我的。"

罗维戈说："错！两回事。"

说着，他脑子里在想，她今天还来，说明她不在乎他昨天做的，是把他做的想成是喜欢她了，又估计她现在这架势是送货上门。

钟娟探身在他的床头一气乱翻。罗维戈正想制止，她却起身帮助罗维戈收拾屋子，边动手边嘟囔："真够乱的。"罗维戈跟了一句："床底下还更乱呢。"

钟娟白了罗维戈一眼，在床前弯下腰闻了一下，有些青草的味道又有些酸酸的。她拿了扫帚俯下身子将床底下的货色都扫出来，说："怪不得你昨天像个狗一样，原来是这样过日子的。"罗维戈大言不惭地说："自己的问题自己解决，没有什么不好的。算是自力更生。"钟娟"呸"了一口，捂住鼻子将垃圾归拢到簸箕里。

收拾完了天也就差不多黑了，钟娟拿出包里的手机看了看，说要回家了。罗维戈说："尽管不希望你帮我这样的忙，但我还是要谢谢你。"

钟娟说:“那你就抱我一下。”罗维戈说:“这容易。”说完他轻轻地抱了她，还拍了拍她的肩膀。

钟娟是笑吟吟地走的。她走后罗维戈的母亲就打麻将回来了。她嗅嗅鼻子问罗维戈:“家里来过什么人？”罗维戈说:“就昨天那个女的，是她又来了，你以后轻松了，多了个做家务的。”罗维戈的母亲“哦”了一声，说罗维戈这下子讨便宜了。

接下来的第二天，钟娟没来，第三天她来了。一进门问罗维戈想她没有，罗维戈将暂停的视频重新放起来，大言不惭地说:“想就能想到手呀？”

钟娟凑到床前，俯下身看了看床底下，笑了:“想也想得不厉害，没有表达出来。”

罗维戈不再理会钟娟，津津有味地将一部警匪片看完了。再看一部时钟娟坐到了他身边，说这部佩内洛普·克鲁兹主演的片子她也喜欢。罗维戈看这部片子是因为豆瓣上有人说这是一部情色片。见钟娟说喜欢，他不怀好意地看她笑了笑。

其实也没有什么，都没有看到露点的镜头。因为钟娟坐在他的身边，他还是激动了起来，把手搭到她的肩膀上。她并没有反对的意思，听任他把手放在上面，倒是他不知道怎么办了。斜睨了她圆鼓鼓的胸脯一眼，有点奇怪，也是生过小孩哺过乳的，怎么和他在深圳公园里遇到的女人不一样呢？那些女人也是钟娟这个年龄，花二十元钱让你摸遍全身，无一例外地都胸脯松奋奋的，他在深圳时花过两次这样的钱，在他舅舅生意忙起来、没时间带他去洗头和唱歌的时候。要不是钱包被这种女人偷了，可能还会再有几次。

罗维戈那天将钟娟压在床上，几乎脱光了她的衣服，回忆当时看到的，她的乳房有不小的体积，下垂有一点，但似乎是紧绷绷的，他想与公园里的女人还是有区别的，又不能肯定，毕竟没有摸过她。

罗维戈不能肯定再出手时她会不会抵制，到目前为止他还搞不明白钟娟与他接触的真正目的。她可能为死去的未婚夫康隆报仇，可能因为现在不幸的生活报复他，强奸罪是一定会送他重回牢狱的，也没准翻以前的案子，重新审定是不是过失杀人。

看完了片子，他的身子动也不动，木呆呆地坐在椅子上。他交抱双臂，眼睛望着前方。钟娟好几次扭过头来打量他，顺着他的视线看，前面，他盯着的是一面光溜溜的墙壁。

挨天黑时钟娟走了。一会儿他母亲回来了，到他房间里探了一下头，想说什么又忍住。罗维戈问她是不是打麻将输钱了，她说不是。

钟娟在以后隔一天就来一次，都在下午。她单位上的班很奇怪，早上八点到下午两点，或者下午两点到晚上八点。没有星期天，也很少有节假日。上下午班时她来不了，说要在家里烧中饭。也就是说她把闲暇时间都扑到罗维戈这里来了。

每次罗维戈都会有一小段时间不理会她，她就默默地、不吭声地坐在他的身边。话总会说起来，有时候以钟娟骂他一句开头。家里有个年轻的女人光顾，帮助做一些家务，直接的好处就是他房间里不像过去那样杂乱无章，被收拾得清清爽爽。

罗维戈的母亲把这些也看在眼里，她对儿子说："你该娶个老婆了，条件不要太高，现在是人家挑我们了。我看经常来的那个就不错，看样子是个半边身子，只要不带孩子过来就好。"

她说的半边身子是指结过婚生过孩子的女人。罗维戈一直默不吱声，她急了："你逢场作戏的，就不要带到家里来，就不要带到我面前来。左邻右舍都长着眼睛，人家问到我怎么说？"罗维戈回答说："你想怎么说就怎么说。"

母亲说："你的事情我问不了，也不想问了。"说完，不满地、气呼呼地走了。罗维戈冲她背影说："这个女人会要我的命的。"

也不知道她听到没有。

罗维戈告诉钟娟，他母亲看上她了，想她做儿媳妇。钟娟说："好啊，我赶紧离婚嫁给你。"这么说罗维戈竟不知道怎么往下说，没想到会是这样一个结果。

钟娟有点得意，推了他一把说："吓得大小便失禁了吧？"

罗维戈皱起眉头："我妈过去可不是这样的，我谈的女朋友，见一个黑一个，没一个入眼。把人家说得一钱不值。"

钟娟说了句在罗维戈看来极不靠谱的话："寡妇做得早的人都这样，儿子找女人跟要她命似的。"罗维戈被这句话气得脸像猪肝一样发紫，用手指着她说："你，你……以后不要再来了。"钟娟说："从某种意义上说，我也做过寡妇。不是吗？"

接下来几天钟娟没来，倒好像是受到了伤害。忍不住的是罗维戈，他打电话给她，问："你没事吧？"钟娟说："我有什么事？！"

搁下话筒的钟娟就过来了，拎着一个衣盒，打开来是一件花呢的全毛西服，她要罗维戈套一下。罗维戈说："干吗，送我的呀？"钟娟笑笑说："当初省了两个月的工资买了送康隆的，他都没有能够看到。"罗维戈把拿起了的衣服放下说："你应该给你老公穿才是。"钟娟说："他不也穿着西服？不过不是我买的，我没有那个心情。"

钟娟提着西服的双肩比画着罗维戈问："你敢不敢穿？不穿我就扔了。"罗维戈说："那样多浪费心意。"钟娟打量着穿好衣服的罗维戈说："你的身形和康隆就是像。"

罗维戈将衣服脱下来说："我不会穿。"看到钟娟瞪着他，他说都夏天了。

钟娟说："那就放着，等秋天再穿。"

她走了后，罗维戈在盒子里找到一张小票，衣服是刚刚买的。

7. 户外

钟娟的电话频繁起来，这天她建议第二天下午去游泳。罗维戈问她到什么地方去游，都还有谁。钟娟说就他们俩，到大运河去游，游到对岸去。

第二天在大运河的大堤上见到钟娟时，罗维戈以为她会带上一个救生圈，或者是一只吹了气的车胎，哪知道她什么也没带。她指着密密麻麻站在浅水里的人说:“下饺子一样，一锅混汤。我们得找个人少的地方……”

为这样的地点她想了一会儿，像是拿不定主意去哪里，她让罗维戈坐上她的电动车，沿着河堤往上游走。罗维戈看了一眼单薄的电动车，不忍心坐上去。她催促他快走，说太阳晒得人受不了了。

坐上车，罗维戈觉得很滑稽，手必须扶在她的肩膀上，身子才能够坐稳。钟娟回过头来问他:“怕不怕被熟人看到？”他没有吭气。不一会儿他感到手出汗了，湿漉漉地印在钟娟的肩头上，她并没有感到不自在。

车开了很远的一截才停下来。在路边架好车，钟娟指着堤坡上灌木丛的一条缝隙说:“我们从这儿钻过去。”罗维戈先走了下去，转过脸来看到钟娟下来时踉踉跄跄的，扶了她一把。看了看四周，罗维戈有些担心:“衣服放这里安全不？要是我们从对面游回来发现衣服不见了，怎么回去？”钟娟扬了扬手中的塑料袋，说把衣服放里面。

看着宽阔的河面，罗维戈深深地吸了一口气，做了几下扩胸运动，看钟娟慢吞吞地开始脱衣服，他三下五除二地先脱了。钟娟瞄了他一眼，莫名其妙地说:“你身上的肌肉真多。”罗维戈“噢”了一声，也瞄了她一眼，浑身有点燥热。她把两个人的衣服放在了塑料袋里，往里面吹了几口气，塑料袋鼓胀成一个大包，口被她用一根塑料绳细心地扎好。

罗维戈将塑料袋扔到河里，河水流得还是很急的，袋子向北漂去，他赶紧跃入水中。由于举着袋子，游得有点吃劲，而钟娟则轻松自如地游到了他的前面。她含了一口水喷向他，见他狼狈地将头埋到水里，开心地“咯咯”笑了。罗维戈愠怒地说：“小心我报复你……摸你。”钟娟说：“你敢？！”罗维戈说：“我有什么不敢的！”钟娟说：“我知道，你杀人都敢。”

罗维戈真的拉下了脸，他威胁说：“你再这么说我就往回游了。”

钟娟连忙说她不再说了。上了岸，她说回去的时候得往上游走一段，走在前面的罗维戈其实已经往那个方向走了。钟娟说：“我们说好了到湖边去的。”罗维戈说：“湖边没什么意思吧？休息一下我们就游回去。”钟娟觉得他为刚才的话不高兴了，央求他：“去吧。我们去待一会儿。”

高宝湖在大运河的西边，到湖边去要越过高高的石头砌的湖堤。钟娟要过罗维戈手上提着的袋子，解开来取出鞋子穿上，罗维戈这才感到脚下硌得疼，热辣辣的太阳把石头湖堤烤得很烫。走在蜿蜒的湖堤上，罗维戈的泳裤水分在蒸发着，屁股热烘烘的，身上的毛孔在水中时紧闭着，此刻慢慢松开，经湿润的湖风一吹，凉意透到了骨子里。

走在罗维戈身后的钟娟问：“你看我的身材变形了吧？”他没有回头，说胖有胖的好处。钟娟说：“胖有什么好的，真是奇谈怪论，觉得胖到不成人形了。”

罗维戈转过身看了钟娟一眼嘟囔：“胖得好看是丰满、丰腴，是肥美，是杨贵妃的味道。”

钟娟说：“还味道，我们以前在一起时可不是这么说话的，有一次康隆、我和你一起吃饭，你喝多了啤酒，话是多了一些，但还是斯斯文文，最多毒辣辣地偷看我一两眼……”

罗维戈说：“打住，说我用什么眼光看你？无中生有吧。你要是想说康隆的事，我倒是可以说许多的给你听。”

钟娟说：“你说吧，我又不怕你说，你挑过分的说。”她让罗维戈不要走了，坐下来。

罗维戈坐下来后问钟娟，知道不知道康隆在和她谈对象前有过一个叫胡菊芳的女朋友。钟娟说她怎么会知道。罗维戈说，康隆给他讲过，高一时他和胡菊芳偷偷地游过大运河，在小树林里搞过。康隆说这是他的第一次，形容自己是手忙脚乱。钟娟啐了一口，说知道胡菊芳这个骚货，早熟，初三的时候就和班上一个大个子男生坏过事，她妈妈气得将她的头发剪了。

看到钟娟站了起来，罗维戈解释，他和康隆值夜班时很无聊，什么样的话都说。钟娟问罗维戈康隆有没有说到过他们俩，有没有很过分地说他们之间的隐私。罗维戈说他记不起来了，接着把话岔开去，说康隆和胡菊芳那次差点出意外，回去的时候在河中央康隆感到一点力气也没有了，是胡菊芳将他拽到岸上去的。

钟娟说康隆那时候就该报销了。罗维戈瞪了她一眼，说："你怎么这样？"钟娟说："你要我哪样？笑话！"

罗维戈不说什么了，他还坐着，眼睛直勾勾地看着波光粼粼的湖面。站着的钟娟对他说："你起来，抱抱我。"

罗维戈站起来抱住她，在她耳边说："前面的树林很安静，不远，我们走过去。"

钟娟厉声说："不！我才不呢！"

8．有点区别

钟娟第三天下午到罗维戈家的时候他们发生了关系。

一进门罗维戈就抱住了她，在她身上摸捏了一气，上次强行扒她衣服时尽管接触到了她的身体，但没有任何感觉。现在他终于实实在在地感觉到了，软绵绵的，柔若无骨。事实上钟娟被他不得要领的抚摸弄得很难受，又不好要求他或者脸皮厚到引领他。

做完爱罗维戈说：“我觉得你跟其他女人是有很大区别的。”钟娟没有问他区别在什么地方，而是说：“原来你搞过女人啊。”罗维戈大言不惭地回答：“难不成我只会搞自己？”

这天罗维戈的母亲出去打麻将了，他们汗淋淋地在床上泡了整个下午。其间闲下来的时候，钟娟让罗维戈再说说康隆的事情。他不乐意，还给她定规矩，以后在一起的时候不许说康隆的事情，不能因为康隆将心情搞坏了。

临分手时罗维戈关照钟娟小心一些，不要带什么痕迹回去，也不要让鞠安贵看出什么来。钟娟说她不怕，说有一天会把一切都告诉鞠安贵。因为她一定会和他离婚的。

罗维戈说：“不要扯上我，那样事情就复杂了，毕竟康隆的死和我有关。”钟娟说：“迟了。现在事情已经复杂了。”

第二天上午，钟娟破例跑了过来。她说是偷着跑出来的，菜还炖在锅里。她给罗维戈带来了一件真丝的短袖T恤衫，还硬逼着罗维戈当她面换上了新衣服。

钟娟急慌慌地走了以后，罗维戈的母亲踱了进来，指着儿子身上的T恤衫说：“吃人家嘴软，拿人家手短。关系不想往深里走就不要送东西、拿东西。”

罗维戈烦她，脸拉得长长的，将面前的电脑键盘拿起来，见她还不走，就重重地掼在桌上。这下子他母亲赶紧跑了。

第二天下午钟娟没有来，这让罗维戈很失望。湖边的事情有点囫囵吞枣，回味的时候对细节模糊不清了。细节很重要，因为康隆的死他被追究过细节。在过去的日子里，他无数次地幻想过和钟娟发生肉体的接触，每次的要求都有所不同。只有这样，他才可能兴奋起来。钟娟的身体，不穿衣服的样子，在他没有见识过女人胴体的时候，是狱友给他看过的一幅日本 AV 女郎模样的女人的画像。有一阵子他竟然忘掉了钟娟的长相，怎么也想不起来，要说原因怕是他想得太多了。至于钟娟的表情，一颦一笑是根据他的需要出现的，她总是讨好他的，小鸟依人的样子。

在那次对钟娟来硬的没有得逞以后，他就不想再作为了，期待着钟娟的主动。这个过程长了一点，直到两个人游到大运河对面去，溜到湖边去钟娟都还在拒绝他。回来后他几乎一夜没有睡觉，将整件事情想了又想。钟娟约他一起游过大运河，又要到湖边去，本身是很暧昧的举动，他觉得两个穿着泳衣的男女，到那种地方发生什么是水到渠成的事情。她不愿到小树林去的原因只有一条，她被吓住了，说什么康隆和胡菊芳搞得精疲力竭，差点在河中央沉了，弄巧成拙，坏了自己的事情。她当然不敢让他也有康隆的那种状态。

接下来的见面，他主动抱她，摸她，她也就半推半就了。汉语的成语有许多绝的，半推半就就是一款，将女人如此情境下的情态拿捏得十分到位。至于钟娟事后说她以后离婚的时候要用这件事和鞠安贵摊牌，罗维戈没有一点点紧张。服刑时狱友说许多的女人都是既做婊子又要树牌坊的，总要在丑事后粉饰一下自己。监狱是个大课堂，也是一个大熔炉，他在里面锻炼过了。他想，在将所有的情景复原以后，就是说演绎一番他过去的妄想以后，他就要想办法和她脱离干系。那应该不是什么麻烦的事情。

钟娟过了好几天才过来，还是在罗维戈打电话给她以后。她告诉罗维戈，是因为那个作家吴安平，他在纠缠她，言行很无耻。

罗维戈让钟娟说说怎么无耻了，钟娟说了句很流行的话：人不能无耻到如此地步。

罗维戈哈哈大笑，钟娟的脸红了。

9．关键人物

吴安平过去关心康隆的案情，写小说，为康隆的死愤愤不平。当罗维戈在监狱里臆想和钟娟发生关系的时候，他在小说里虚构情节。钟娟说他现在开始纠缠她，这等于他也加入到这个故事里来做了一个角色。如今这个故事要演绎下去，钟娟应该是主角了。吴安平现在关心的究竟是什么呢？

罗维戈这时候忽然想到了这个问题。很奇怪，他更应该弄明白的其实却是钟娟与他接触的真正目的。钟娟会不会因为康隆死在他的手上而仇恨他？康隆的死给过她多少痛苦和悲伤？这些事是被他有意忽略的。

案件发生后警察进行刑事侦查时问过他，和钟娟是不是认识，有没有深的交往。他记得当时告诉警察，最深的交往就是他和康隆、钟娟一起吃过饭。在预审阶段的一次讯问中，警察老庞在一番东拉西扯后突然问他，对钟娟有没有好感？当时他愣了一下，过了一会儿说，好感是必然的，钟娟长得漂亮，他也希望有这样一位女朋友。紧接着老庞追问他是否嫉恨康隆，他说有过这样的时候，希望康隆身边这个女朋友吹了，和他一样等着什么人给他介绍，像他一样为穿什么衣服去见别人介绍的女朋友而费尽心思。

罗维戈被法院定罪以后没有提出上诉，老庞在送他到外地去劳改之前与他见了一面。他对罗维戈说，如果是故意杀害康隆，罗维戈就太狡猾了。许多人不相信罗维戈是过失杀人。这个案件对一家子人而言有如晴天霹雳，让他们长久地生活在痛苦里。“你没有见到康隆的小女朋友哭的样子。”老庞摇了摇头。

罗维戈就是没有去想钟娟的痛苦，甚至在老庞说了以后也不愿意相信这是真的。

他想象不出钟娟哭的样子，印象一直是过去和康隆在一起时她笑嘻嘻的样子。钟娟很快会有新的男朋友，在新的男朋友身边也还笑嘻嘻的，他设想要是自己有这么一个女朋友，在他出了这样的事情以后，过一段时间也会和他彻底分手，当着什么事情也没有发生过。

罗维戈觉得他迷恋起钟娟软绵绵的身子了，只要她一来，就想把手搭在她丰腴柔软的腰肢上，或者肥嘟嘟的臀部上。这个时候钟娟就会喋喋不休地说吴安平，吴安平每天都给她打电话，发一些乱七八糟的短信。他们吃过一次饭，吴安平的目光十分不老实，死盯着她的胸部看。罗维戈听得不耐烦时就会说："操，什么东西?！"这是一句他在劳改农场学来的话。钟娟不在意他的粗鲁，反倒认为他在吃醋，便就有些掩饰不住的得意表情。有一次她问罗维戈："你在意了吧？"罗维戈不承认，说他只是反感吴安平这个人。作家是顶顶无聊的人，吴安平连无聊的人都算不上，罗维戈说他不是东西。钟娟说罗维戈就是在意了。

罗维戈有一天终于忍不住了："钟娟，我告诉你关于康隆枪案的真相吧。"钟娟说："我不要听。"

罗维戈之所以要说，是他觉得钟娟和吴安平的接触说明她还在寻找事情的真相，直到有一天当他知道钟娟竟然为他离婚了，才知道不是那么一回事。

事前唯一的迹象就是她曾经问过他，以后会找一个什么样条件的人结婚，罗维戈随口说："有你这样的就行，就心满意足了。"

钟娟因为这句话回去就闹离婚了。她说她老公鞠安贵不得不同意，他们的夫妻生活早就完蛋了。鞠安贵由于常年酗酒而酒精中毒，一个小时不喝酒手就不停地抖……

钟娟说下岗工人买断工龄，她买断了婚姻，给了鞠安贵十万元，这么一大笔钱有一半是和娘家人借的。钱都给了鞠安贵当教师的妹妹，她没有孩子，由她负责抚养儿子。鞠安贵说他会把房子卖了，住到养老院去，喝酒喝到死，谁也不要管。

罗维戈觉得这么一个结果很残酷。钟娟说她当时嫁鞠安贵就是一个悲剧的开始，也很残酷。有一句话罗维戈不敢说，那就是如果康隆不死，她和他结了婚会是什么样子？

“不管怎么说，我们两个人到不了一起。我不想把过去的事弄得再复杂起来。”罗维戈直言不讳地对钟娟说。

钟娟说：“我都离婚了。”罗维戈说：“你离婚与我无关，又不是我要你离婚的。”

钟娟说：“好，你以后不要靠我。从今往后我们什么关系都没有啦！”

10．回到小说的结尾

钟娟真的不再来了。罗维戈发现自己开始想她，不仅仅想她软绵绵的身体。

成天待在家里的他有一天忽然觉得现在无异于过去坐牢的日子，只不过没有人看守他。这样问题更大，连一个说话的人都没有，也听不到什么人在他面前说话。

罗维戈非常想找一个人说说话，以至于有一天他母亲突然问到钟娟，他也不再反感和不耐烦了。他母亲奇怪钟娟怎么一连许多天不来了，说：“我天天在外面打麻将是为了给你们方便，你以为我喜欢天天在外面打麻将呀？我知道她来得勤，隔一天就会来一次。我闻得到她留在我们家里的味道。”

罗维戈说，是他不让那个女人来的，因为那个女人离了婚要嫁给他。他母亲说：“这不是正好，你怎么把到嘴的一块肉吐了？”他说：“什么肉不肉的，这个女人曾经是康隆的女朋友。”他母亲说：“这又有什么关系，你和康隆的账都结清了。他死了，你也吃了苦。再说，她虽然做过康隆的对象，都已经和别人结过婚，等于回过炉了。”

罗维戈头直摇，令他意想不到的是，他母亲问他是不是心中有鬼，还说她觉得罗维戈能够娶到这样的半边身子很不错了。“半边身子”多少有点鄙夷的意思。在他面前说，明显有不看好他、让他将就一点的意思。说到心中有鬼，难道她也怀疑康隆死得不那么回事?

罗维戈找出吴安平写的那篇小说，从头到尾又看了一遍，他忽然生出一个奇怪的念头，他要把全文背下来。

按理说，背这篇不算长的小说对于罗维戈来说不是难事，可他就是背不下来，总是被情节纠缠着，一段文字会让他想起一大堆的事情。想背这篇小说本来没有目的，背的过程中倒是让他觉得，只有摆脱了小说里的情节，不再有联想，把这篇小说当作完全虚构的东西，他才能够真正平静下来。他也发现，从劳改农场回来以后其实一点也没有平静过，本该去回避的东西却使劲地去接近。为什么呢?

罗维戈约吴安平到他们第一次见面的咖啡厅，吴安平说就知道罗维戈要找他。

吴安平说：“你真的不要在意我小说里写的，你不要对号入座，也不要指责我无中生有。”罗维戈笑笑，给他点了红茶。吴安平说他现在喝咖啡了，而且要清咖，不加伴侣不加糖的那种。罗维戈没有惊讶，叫服务员做一杯清咖来。

喝上清咖的吴安平一句话也没有，慢慢地、一小口一小口地嘬咖啡到嘴里。

罗维戈告诉吴安平，他在背那篇小说。吴安平抬眼看了看他，说要背到倒背如流的地步才有用。罗维戈感觉到这个蹩脚的作家在字斟句酌，他说：“我也不知道怎么一回事，回来后总是在接触过去的人和事，按理说，我应该避开那些，忘掉那些才是。为什么呢？”

吴安平说：“过去别人怀疑你，现在你自己怀疑自己。这就是原因。”罗维戈苦笑了一下，说：“或许有道理。”他建议吴安平将那篇小说扩写一下，特别是结尾，写另外一种结果。

“什么结果？”吴安平兴奋起来，饶有兴致地要罗维戈说下去。罗维戈说：“你可以写仲凤在许双格坐牢回来以后离了婚，她要嫁给许双格。为什么呢？许双格回来后仲凤的生活发生了变化。”

“不合理。这是不可能的。”吴安平说。

“什么都有可能。”罗维戈说，“许双格的举动出乎你的预料，他竟然娶了她。”

吴安平一口喝完了咖啡，一字一顿地说：“那么你就很愚蠢。”

两天后罗维戈知道了吴安平的妹妹和钟娟是初中同学。

第三天钟娟来罗维戈家找他，恰巧他不在。

罗维戈回来时见到钟娟在和他母亲说什么。钟娟的脸转过来时，他看到她泪流满面。他径直回了房间。

钟娟立即跟了进来，罗维戈说：“没想到你会哭，会哭成这个样子。你赶紧擦一下脸。”钟娟说：“现在你看到了。你的心真是太狠了。”

罗维戈还想躲闪一下，说：“怎么这么说我？”

钟娟说吴安平又找了她。罗维戈竟然一下子感到不安：“他又怎么了？”

“他告诉了我你们见面的事情。”钟娟说。

11. 结尾或许是开头

罗维戈对钟娟说：“结婚以前，我想对你说说康隆的事，就是枪案的事。”

钟娟慌忙堵住罗维戈的嘴，她说她知道，让他什么也不要说了。

他们两个人结婚的时候没有操办，一桌酒席也没有请。吴安平出于某种目的，到高沙市电视台替他们点了歌。其实，他不这么做，高沙市也会街谈巷议，把差不多十年前的这桩案件重提出来添油加醋。凶杀加情色足以编造出一些离奇的故事来。

罗维戈由于不怎么出门，根本听不到这些。至于钟娟听回来说到他耳边，他一笑了之："什么事情都会过去的。"他安慰钟娟，又像是安慰自己。因为钟娟总是看到他自言自语。

结婚后，一直在资助罗维戈的舅舅告诫他说，他能救急但不会救穷。罗维戈也想做事情，就在市公安局车管所边上租了一间门脸房，卖从深圳一家公司进的汽车卫星定位仪。新鲜东西都能赚到钱，但时间不会长。罗维戈也合计着其他的事情，譬如与人合作开一个旅行社什么的。

钟娟怀孕了。体形更胖的她有点心虚，说生了孩子后一定更不像人形。罗维戈起初并没想到安慰她，也不会。那一阵子，钟娟的情绪十分不稳定，经常发无名的火。她经常盘问他是不是真的爱她。

罗维戈总是说："我不爱你与你结婚干什么？"

钟娟这么做也有她的理由，她说："我嫁的人必须爱我，这一点也不过分。"

有一次钟娟逼着罗维戈讲劳改时的情况，问他在里面想过女人没有，想的谁。罗维戈说想的是她。这是句实话，但她怎么也不相信。再问想女人想得难受了怎么办。罗维戈说自己解决。为这样的话，她又要笑话他，放嘴边上好多天。

钟娟妊娠三个月时，有天夜里醒来看到罗维戈在自亵，她咋咋呼呼地吵起来。罗维戈只得告诉她，他是看着她而这么做的。他说："现在很豪华，以前在里面只能想着你做……"

钟娟一把抱住罗维戈说："告诉我，你是因为爱我而做了那件事，现在你仍然是爱我的。”

罗维戈大惑不解地问：“我做了哪件事？”钟娟不说了。

待罗维戈上了洗手间回来，钟娟说：“我知道你是因为我而杀了康隆。”

罗维戈的脸色变了：“没有的事，你不要自作多情。”

钟娟央求他：“你就哄哄我，说‘是的’又怎么样？”罗维戈说：“我们结婚前我要对你说，是要重申一下，我真的不是有意害了康隆。你不让我说……”

罗维戈突然想起什么，气急败坏地拉钟娟起床，在枕头、被套里面、床单下面搜了一遍。再拿起钟娟的包，里里外外查了一遍。

钟娟说：“你不要找了，没有你怀疑的录音机。即使你做了那样的事情我也不会计较你，你是我丈夫，康隆算什么？警察当年一个劲地问我，你是不是也看上我了，我什么也没有讲。”

罗维戈说：“你很可怕！”

钟娟说：“可怕的是我现在怀疑了，你是不是真的爱我。”

见罗维戈低着头。她大喊一声：“罗维戈，吴安平一直想欺负我，你敢不敢去找他算账？”

罗维戈从厨房里拿来菜刀，在钟娟面前亮了亮，找一张报纸包了夹在腋下出去了。

一会儿，他转了回来，将菜刀“咣当”一声扔在桌上：“你真的要我去杀人啊？！我算看清了，我是你什么人呀？我是你丈夫，俗话说：‘家有贤妻，丈夫在外不惹横祸。’你什么东西？！”